청춘을 위한 인생 레시피

청춘을 위한 인생 레시피

초판 발행 2011년 4월 22일

지은이 W. 베란 울프

옮긴이 민병덕

펴낸이 윤영진

펴낸곳 아인북스

등록번호 305-2008-00019

주소 서울시 종로구 내수동 72 경희궁의 아침
　　　 3단지 오피스텔 1104호

전화 02-926-3018

팩스 02-926-3019

메일 365book@hanmail.net

블로그 naver.com/bookpd

ISBN 978-89-91042-36-0 03810

머뭇거리는 나를 위한 백만불짜리 멘토링

청춘을 위한 인생 레시피

W. 베란 울프 지음 | 민병덕 옮김

✖아인북스

'청춘을 위한 인생 레시피'를 내며

이 책의 지은이 베란 울프 박사는 "이 세상에 삶을 누리게 된 사람은 누구나 행복하고 뜻있는 인생을 보내야 한다"고 하였다. 사람은 누구나 행복하고 성공적인 인생을 보내고 싶어한다.

생활의 행복이란 무엇인가, 인생의 성공이란 무엇인가? 또 생활의 행복과 인생의 성공이란 어떻게 하면 얻을 수가 있는가? 이 문제에 대한 해답은 바로 이 책이다.

베란 울프는 가장 우수한 심리학자, 정신의학자이며 철학자 중에 한 사람이다. 그는 인생을 수레바퀴에 비유하고 인간이 가진 각 요소를 수레바퀴의 각 스포크바퀴살에 견주어, 그

것으로 우리에게 생활 완성의 방법을 가르쳐 준다. 그에 의하면 각 요소가 평균적으로 발달한 사람, 즉 완성된 생활을 하는 사람이 곧 행복을 얻는 사람이며 성공하는 사람이다.

어떻게 살아갈 것인가 헤매고 있는 사람, 행복과 성공을 얻으려고 하는 사람, 좋은 사회인으로서 또 좋은 취미인으로서 살고 싶은 사람, 한때의 실패로 비관의 밑바닥에 있는 사람, 날이면 날마다 걱정이 끊이지 않는 사람, 이러한 사람들에 대하여 이 책이 좋은 격려와 충고를 해 주어, 앞길에 광명을 비쳐 줄 것을 바라마지 않는다.

2011년 봄날에
민병덕 드림

차례

3장

정신적 발달

73

4장

육체적 발달

111

1장

어떤 청년의 이야기

인생의 행복은 운명의 신이 주시는 것이 아니라
우리들 한 사람 한 사람이 그 열쇠를 쥐고 있는 것이라는 진리를
나는 때가 갈수록 점점 굳게 믿게 되었다.

인간의 가장 행복한 시간은
일에 몰두하고 있을 때이다.
인간의 고독감은
삶의 공포일 뿐이다.

― 오닐

어떤 청년의 이야기

이 세상에 삶을 누리게 된 사람은 누구나 행복하고 뜻있는 인생을 보내야 한다. 비관이나 절망은 인생에 대한 모욕이다.

그러면 어떻게 하면 행복하고 뜻있는 인생을 보낼 수가 있을까? 이 문제를 분명하게 하기 위하여 나는 지금 이 책을 쓰려고 하는 것이다. 날마다 재미가 없어서 기가 죽어 있는 사람들은 말할 것도 없고, 그렇지 않더라도 하루 종일 연달아서 생각하는 것이 끊이지 않고, 그 때문에 아깝게도 즐거워해야 할 일생을 충분히 즐거워할 수 없는 세간 일반의 남녀에게, 심리학적 입장에서 가장 유효적절한 해결책을 제시하여 새로운 생활의 지침을 보여 주는 것이 나의 가장 큰 목적이다.

먼저 나는 다음의 것을 자명의 이치, 부동의 철칙이라고 단언하여 마지않는다. 즉 어느 정도의 통찰력과 이해력으로 인생의 근본 문제를 구명하기만 하면 누구든지 당장 삶의 기쁨을 발견하여, 이제는 실의의 끝에 순무처럼 퍼렇게 시들거나 짐승처럼 굶주려 비틀거리며 지내는 일이 없이, 자신의 주인공이 되어 일생을 통해서 인생에 예술적 향기조차 더할 수 있다.

그렇지만, 세상에는 우리의 지식이나 능력을 가지고도 어떻게 하기 어려운 문제나 곤란사가 있다. 이러한 것은 운명의 신만이 아시는 일이지만, 이 경우에도 그러한 나쁜 운명 아래 있는 울분이나 고뇌는 그 대부분을 줄이는 길이 있을 수 있다는 것을 나는 꼭 여러분에게 가르쳐 주려고 한다.

나는 언뜻 보기에 거의 해결의 방도가 없다고 생각되는 극히 곤란한 인생의 여러 문제의 해결을 위해 자주 맞붙은 경험을 가지고 있는데, 그러한 임상정신병 의사로서의 다년간의 체험에서 보면, 지금까지 무정 냉혹한 운명의 장난으로서 불만스러우나 어쩔 수 없이 단념하고 있던 여러 가지 곤란한 일이나 어려운 문제는 협동 정신에 대한 무지 내지 결여에 기인한 경우가 많다는 것을 단언할 수 있다.

인생의 행복은 운명의 신이 주는 것이 아니라 우리들 한 사람 한 사람이 그 열쇠를 쥐고 있는 것이라는 진리를 나는 해가 살수록 점점 굳게 믿게 되었다.

"가엾은 브루투스여, 실패는 운명의 신의 장난이 아니라 그대 자신이 한 소행이다"라고 셰익스피어도 말하지 않았는가? 나는 이 책의 각 장에 걸쳐 모든 인간의 불행을 운명이라는 눈에 보이지 않는 것의 손에서 탈취하여 그 운명의 신을 그 본래 있어야 할 곳에 바꿔 놓자, 즉 '운명의 신을 여러분 각자의 자유로운 구사驅使에 맡기자'라고 시도할 작정이다. 여기에 하나의 사실적인 예를 들어보자.

어느 날, 진찰실로 존이라는 한 젊은이가 찾아왔다. 그의 병은 만성불면증이었다. 그는 2년 동안이나 한시도 잠을 자지 못하여, 자신이 인생행로의 낙오자가 된 원인은 어떤 약을 먹어도 결국 운명의 신이 그에게 자연의 수면을 주지 않은 데에 기인하는 것이라고 호소하는 것이었다.

존은 어렸을 때부터 미래 인생의 대망大望에 불타고 있었다. 법률을 공부하여 장래 희망은 변호사가 되고 같은 변호사 중에서도 제일인자가 되려고 결심하였다. 학교의 성적은 대단히 좋았는데, 거기에는 아들을 자랑으로 여기고 있던 양친이 돈으로 할 수 있는 한 최상의 교육을 해 주려고 하여 전적으로 아낌없이 돈을 쓴 것도 한몫 힘이 되어 주었다. 그는 중학교에서 대학교까지 전체 수석으로 졸업하고 미래의 성공에 대한 불타는 희망의 눈동자를 빛내며 한 사람의 변호사로서 찬란하게 세상에 나왔던 것이다. 따라서 양친의 원조와 함께 성공의 희망에 불타고 있는 동안에는 만사가 잘되어 갔다.

그런데, 다른 어떤 직업에 대해서도 마찬가지지만 학교의 성적을 가지고 사회생활에 있어서 실무의 과정을 다루기에는 종종 맞지 않을 때가 많다. 이 젊은이도 막상 정말로 사회에 나와 보니, 학교 시절에는 온갖 장애를 극복해 왔지만 이번에는 상황이 조금 다르다는 것을 깨달았다. 많은 일류 대학이나 여러 사회에서 나온 선발된 사람들과 경쟁하는 처지에 놓인 것을 우선 깨닫게 된 것이다. 때마침 자신의 이 최초의 당혹을 틈타듯이 부모가 잇달아 이 세상을 떠나게 되었다. 지금까지 물질적으로나 정신적으로나 깊이 부모에게 의뢰심을 가지고 있었던 만큼 부모의 죽음은 그에게 아주 견딜 수 없는 심한 타격이었다.

인생의 출발점에서 벌써 두 가지 커다란 충격을 마음에 받고 그는 정신적으로 완전히 혼란에 빠지고 말았다. 앞길은 갑자기 캄캄해졌다. 이리하여 그는 자신이 이미 인생의 낙오자가 된 것이라고 부지불식간에 믿게 되고, 그것을 또 당연한 일인 것처럼 믿어 버리게 되었다. 이 예기치 않았던 곤혹의 상태에 직면하여 그는 생애의 최대 위기에 서 있는 듯한 생각이 들었다. 따라서 밤에도 제대로 잘 수가 없었다. 의사가 주는 약 정도로는 물론 적당한 수면을 취할 수 없었다. 과연 강렬한 마약은 억지로라도 사람을 잠으로 끌어넣을 수 있는 것이지만, 그렇지만 결코 충분한 휴양을 하도록 해 주는 것은 아니다. 수면제의 작용이 사라지면 겁에 질린 듯이 눈뜨고, 또 수면제가 잠을 자게 해 주고 있는 동안에도 두뇌만은 확실히 활동하고 있는 것이 아닌가 하는 느낌이 드는 것이었다.

그는 마침내 자신의 불면증을 운명의 신의 지시라고 돌려 버리게 되었다. 그 후의 생활 태도는 세간 일반의 예와 마찬가지로 다음의 법칙에 얽매이는 것이다.

"밤에도 제대로 잠을 잘 수 없는 나에게 어떻게 낮 동안의 만족한 일을 기대할 수 있는가? 나 자신의 힘으로는 말할 것도 없고 다른 어떤 명의에게 진찰을 받아도 낫지 않을 완고한 육체적 질환이라는 커다란 핸디캡을 가진 내가 어떻게 일에서 수많은 경쟁 상대와 실력대결을 할 수 있겠는가?"

밤마다 존은 침대 위에 누워서 몸을 이리저리 뒤척이며 잠을 이루지 못하고, 자려고 애태우면 애태울수록 두뇌는 더욱 더 맑아져 가는 것이었다. 불면증인 사람은 누구나 이렇다.

그러나 사실은 불면증 환자라고 해도 대개는 충분히 자고 있는 것이다. 언제까지나 자지 않고 깨어 있다는 것은 의학상 전혀 불가능한 일에 속하는 것이 아닌가?

일찍이 어떤 유명한 작가가 수면이야말로 인생에 있어서의 전혀 무용한 사치품에 불과하다고 하는 의견을 내세웠다. 그는 일생 동안에 대단히 많은 일을 성취하려고 결심하였는데 그러기 위해서는 많은 시간이 필요하였다. 그래서 그는 엄격한 프로그램을 만들고 먼저 수면 시간의 단축을 시도하였다. 맨 처음 수면 시간을 여덟 시간에서 일곱 시간으로 줄이고 다음으로 일곱 시간에서 여섯 시간으로, 여섯 시간에서 다섯 시간으로, 다섯 시간에서 네 시간으로 점점 줄여 나갔다. 거기까지는 만사 별로 아무런 변화가 없었으나 네 시간을 세 시간으로 줄이고 다시 두 시간으로 단축하기에 이르자 드디어 자연이 항의를 표시하였다.

이 작가는 인간에게 필요한 수면 시간의 최소 한도를 두 시간이라고 믿었던 것이다. 그런데 예정한 일에 아직 손도 대기 전에 그는 마음도 몸도 지쳐 녹초가 되어 버려서 다시 원래의 기운을 되돌리기 위해 꼭 1년 동안이나 아무것도 하지 않고 있어야만 되었다.

이와 아주 비슷한 예를 다시 두세 가지 들고 청년 존을 향하여, "자네가 한 잠도 자지 못한다는 것은 사실이 아니라, 다만 자신이 그렇게 믿고 있을 뿐인 것이다. 게다가 자신의 현재 실의의 상태를 상상 속에서 꾸며 낸 불운이라는 작은 악마 탓으로 돌려 버리고, 심기일전心機一轉의 기회를 만드는 데에 마음을 쓰는 것은 제쳐놓고 오직 관념상의 운명이라는 작은 악마를 끙끙거리며 저주하고 있는 것이다"라고 설명해 주었다. 그러자, 그의 얼굴에는 벌써 갱생更生의 서광이 보이기 시작하였다.

그는 확고한 신념을 가지고 법률 사무에 종사하는 대신에 불면증의 원인을 만드는 일에만 일심으로 종사하고 있었던 것이다. 억울한 죄명이라고 크게 쓴 표찰을 목에 걸고, 게다가 또한 자신을 진짜 죄인이라고 믿고, 또 체념하고 있는 사람의 심리 상태 속에 부지불식간에 빠져 있었던 것이다.

심리적으로 건강을 회복하고 나서 존은 자신의 과도한 야심이야말로 사실은 불면증의 가장 근본적인 원인이었다는 것을 깨달았다.

나는 그 청년에게 사람은 타인의 친절한 조언에 의해서 얼마나 격려 받는지 모른다는 것을 덧붙여 설명해 주었다. 사회 생활에는 우리에게 마음으로부터의 조언이나 격려를 해주는 타인이 그다지 좀처럼 있는 것이 쉬운 일은 아니다.

우리들이 마음먹은 대로 순조로운 생활을 하고 있으면 예기치 않은 행복도 자주 찾아오는 것이지만, 예기치 않은 행운을 기대하고 지내는 일은 비참한 생활로 들어가는 가장 확실한 지름길이다.

인생의 훌륭한 생활 설계도는 각자가 그려야 한다. 인생의 무대에서는 우리들은 당구처럼 요행수를 기대해서는 안되며, 또 구경꾼의 박수갈채를 미리 요구할 수도 없다. 하물며 굉장한 행운의 기회가 방문을 노크하는 것이나 행운의 신이 미소를 던져 주는 때가 오기를 가만히 앉아서 기다리고 있어서는 더군다나 안된다.

여러분 가운데에는 존과 같은 많은 사람이 있는 것은 아닐까? 성공의 기회를 창출하려고 하지 않고 오로지 자신의 실패의 구실을 찾아내어 스스로 위로하고 있는 사람들이 많이 있는 것은 아닐까? 한 사람의 인간으로서 인생을 행복하게 건너가는 데 있어서 여러분은 너무나 양친이나 아이들이나 남편이나 아내에게 지나치게 의지하고 있지나 않는 것일까? 같은 호흡이라도 콧노래의 음률에 맞추면 마음에 안심의 유쾌함을 주고 게다가 주위를 얼마쯤이라도 즐겁게 하는 것을, 애석하게도 어두운 운명을 저주하는 한숨에만 낭비하고 있는 사람들은 없을까?

당대의 뛰어난 시인들은 자신의 깊은 마음의 슬픔을 훌륭한 시가詩歌로 만들어 인류를 즐겁게 해 오지 않았는가?

만약 여러분이 너무 돋보이기를 좋아하지 않는다면, 너무 과도한 야심가가 아니라면, 또 너무 지나치게 겁이 많지 않다면, 인생행로에 있어서 각자의 방법을 가지고 뛰어난 시인들 못지않은 업적을 남길 수 있을 것이다. 우리가 지닌 용기를 가지고 우선적으로 시도해 볼 일이다.

인간의 행복의 원리는 간단하다.
불만에 자기가 속지 않으면 된다.
어떤 불만으로 해서
자기를 학대하지 않으면
인생은 즐거운 것이다.

— 러셀

2장

4개의 인생
수레바퀴

인간 일생의 각 시대의 선이 수레의 허브^{바퀴통},
즉 태어났을 때의 기본 개성을 중심으로 하고
각 스포크를 통하여 점차 가장 바깥쪽의 림^{바퀴테} 선,
즉 완성된 성년기의 선을 향하여 뻗겨 간다.

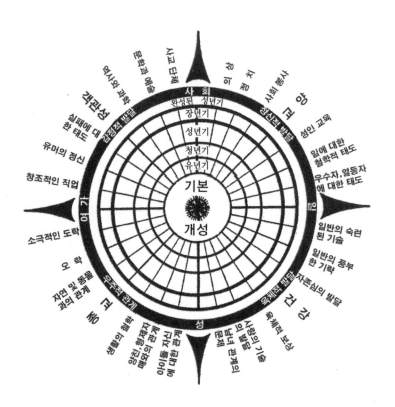

인생의 수레바퀴

4개의 인생 수레바퀴

우리가 세상에 태어나서 살아가는 수단에는 두 가지 방법이 있다. 그 하나는 아무 계획 없이 매순간 부닥치는 대로 그럭저럭 해 나가는 옛날 선조들의 삶과 같은 방법이다. 이것은 인생을 있는 그대로 받아들여 생활이 곤란하면 괴로워하고 유쾌하면 즐거워하고 곤란사가 나타나면 그것에 직면하거나 피하거나 하는 단순한 방법이다. 그러므로 시간이나 죽음에 대한 관념이 전혀 없고, 또 자신들의 일생의 방향을 자신들이 좋아하는 대로 설계하는 능력이 없는 동물세계에서 일반적으로 행해지고 있는 방법이다.

물론 동물들은 인간과 같은 두뇌를 가지고 있는 것은 아니며, 따라서 아무 계획 없이 닥치는 대로 하루하루를 보낸다고 해서 고양이나 개나 사자나 코끼리 따위를 비난할 수는 없다.

그렇지만 인간은 이러한 동물과는 매우 다르다. 만물의 영장이라는 명예에 걸맞을 만한 명철한 두뇌와 유용한 두 손을 가지고 운명과 맞붙어 자연의 사물을 인간의 필요에 사용하게 할 만한 능력을 가지고 있다. 인간의 삶의 마지막 장식은 결국 죽음으로 마감하는 것이며, 또한 70에서 80년의 인생은 참으로 짧은 것이기는 하지만, 무덤에 가기까지의 짧은 일생을 상당히 유용하게 사용할 줄을 알고 있다. 인간은 '계획을 세운다'는 특수한 재능을 가지고 있으며 또 장래 일어날 수 있는 어떤 종류의 위험은 어느 정도 미리 예측할 수가 있다. 인간은 결코 두 번이고 세 번이고 환생하고 싶어 할 필요는 없다. 왜냐 하면, 수많은 세대에 걸쳐 사람들이 기념물로서 남겨준 문명이라는 훌륭한 유산을 배움으로써 선조들의 경험을 자기의 것으로 하여 이용하며 선조들이 이미 건설한 토대 위에 우리 자신의 인생을 굳건히 세울 수가 있기 때문이다.

상상이라도 해 보라. 만일 우리가 우리들을 위하여 새로이 불이나 지레나 수레나 문자나 위대한 종교의 원리나 또 여러 가지 원료나 약물의 지식을 발견해야만 한다면, 세상은 얼마나 진보가 더디고 굼떠서 답답할 것인가? 만일 그렇다면 우리들은 아직도 브리튼의 원시림 속에서 나무뿌리나 호두열매를 먹으면서 뛰어다니고 있지 않으면 안되었을 것이다. 우리들은 선인이 남겨 준 커다란 은혜에 대하여 너무나 익숙해져 예사로 생각하기 때문에 그 문화, 문명의 고마움을 피부로 느끼지 못하는 것이다.

이와 관련하여 더욱 중요한 것이 있다. 우리는 선인으로부터 이어받은 지식의 등불을 앞으로 이 세상에 태어날 후세에게 전하여 그들로 하여금 현재보다 더욱 밝고 살기 좋은 세상에서 살도록 하지 않으면 안된다. 이것은 우리의 중대한 책무이지만 조금도 그것을 생각하지 못하는 것이다.

만일 우리가 선인으로부터 남겨진 문명을 이용하지 않는다면 인류는 만물의 영장이라는 이름에 걸맞지 않으며, 완전히 야생의 동물과 마찬가지다. 따라서 '계획이 없다'고 하는 것은 '만물의 영장이 아니다'라는 것이다.

그렇다면 계획은 대체 어디서 얻는 것인가? 우리 자신이 생활의 설계도를 그리려면 어떻게 해야 하는가? 어떠한 방법으로 운명의 신을 자유로이 구사할 수 있을까? 어떤 감정은 이것을 앙양하고, 이것을 억제하고 어떤 사상은 발전시키고, 지양할 것인가? 성공이란 도대체 어떤 표준으로 측정해야 할 것인가? 만약 우리들이 나름대로 훌륭한 인생을 보낸다고 해도 과연 얼마만큼 어떻게 훌륭한 여부를 어떻게 측정할 수 있을까?

이것은 모두 대단히 어려운 문제로서 나 자신도 천리안도 아닐 뿐더러 예언자도 아니다. 그렇지만 그저 참고삼아 생각을 말해 보고자 한다. 그것은 한 마디로 말하면 귀하고 천함과 현명하고 어리석음, 인종의 여하를 불문하고 오직 많은 경험에 의해서만 스스로 해결할 수 있는 문제라는 것이다.

인생의 설계도를 만들기 전에 우선 인생이라는 것의 복잡 미묘한 성질을 관찰해 보자. 어렸을 적에 연못에 조약돌을 던져 넣은 기억이 없는 사람은 거의 없을 것이다. 물론 공원의 작은 연못이나 산 속의 호수나 평야의 늪이라도 상관없다. 물결 하나 없는 연못 수면에 조약돌을 던져 넣은 경험이 있는 사람은 조약돌이 떨어진 한 점에서 원을 그린 파문이 점점 주위에 퍼져 가는 것을 보고 누구든지 이상하게 생각했을 것이다.

인생행로도 이와 같이 단순하면서도 미묘한 현상과 매우 비슷하다. 우리들이 인간으로서 어머니의 태내에 머무는 순간 하나의 활발한 정자가 어머니의 태내 깊이 난세포에 작용한다. 아무도 이것을 눈으로 본 사람은 없다. 그것은 현미경적 사실이며 육안으로는 결코 보이지 않는다. 그렇지만 이는 나중에 갓난아기가 태어나는 불가사의한 사실을 낳는 것이다.

갓난아기가 태어났을 때가 최초의 중심점, 즉 연못에 조약돌이 떨어진 때이다. 아기가 어린아이가 되었을 때가 제 2의 파문이 생겼을 때이다. 청년이 되고 성년이 됨에 따라서 제 3, 제 4의 파문이 생긴다. 제 5의 파문은 분별이 한창인 장년에 다다른 때이며 제 6의 파문은 드물게 밖에 없으나 일생 중 대사업을 성취하여 신과 같은 사람이 다다르는 선이다.

여러분이 인생의 설계도를 그리는 데에 조금이나마 참고가 되길 바라며 권두에 그림을 실었는데, 이 그림은 내가 언제나 우울증환자를 진찰하는 경우에 환자에게 환자 자신의 인생의 본질을 가르쳐 주기 위해서 많이 사용하였다. 이것을 보면 자신의 성격, 인격 등을 다소 이해할 수 있을 것으로 생각한다. 이리하여 오늘까지 자신의 인생을 이 그림에 적용하여 도해할 수도 있으며 또 이제부터 앞으로의 인생을 좀 더 가치 있고 훌륭하게 완전한 것으로 만들려면 과연 어떻게 하면 좋은가 하는 것도 용이하게 이해할 수 있으리라고 본다.

나는 이 그림을 '인생의 수레바퀴'라고 부르고 있다. 왜냐하면 이 그림은 많은 스포크바퀴살을 갖춘 진짜 수레바퀴와 매우 흡사하기 때문이다. 따라서 인간의 개성은 수레의 허브바퀴통, 즉 중심 축으로서 이 축을 근저로 하여 여러분은 시간이 지남에 따라 림바깥테, 즉 외부의 바퀴를 향하여 발전하여 가는 것이라는 것을 상상할 수가 있을 것이다. 이리하여 인생의 일의 방면에서는 이미 완전히 제구실을 하는 선에 도달해 있으면서도 여가의 사용 방법이라든지 가정생활의 상태라든지 사회생활의 방법에 있어서는 아직 소년이나 아니면 청년기에 해당하는 선 밖에 도달해 있지 않은 사람들이 있음을 알 수 있게 되는 것이다.

이상적인 인격자란 이 '인생의 수레바퀴'의 가장 바깥쪽의 바퀴인 림, 즉 완전한 인격을 가진 성년자의 선에 도달한 사람을 말하는 것이다. 이 가장 바깥쪽의 선에 도달하면 그 사람은 사회생활의 성공자일 뿐만 아니라 지적으로 영적으로 또는 육체적으로 가장 건강한 사람이라고 할 수 있다.

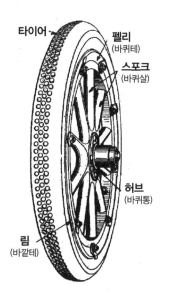

타이어

펠리
(바퀴테)

스포크
(바퀴살)

허브
(바퀴통)

림
(바깥테)

이 그림은 인간 생활의 모든 요소를 포함하고 있다. 영어의 Health건강라고 하는 말은 그 어원이 고대 앵글로색슨어의 'Wholth' 즉 원만, 총괄, 완전이라는 말에 해당한다. 이 Wholth야말로 인간 생활의 최고의 지표이다.

개인의 '인생의 수레바퀴'는 가장 약하게 보이는 스포

크의 부분이라도 개선 발달에 노력하기만 하면 얼마든지 튼튼하게 발달시킬 수가 있는 것으로서, 인간의 성격과 개성도 결국 변화를 주기 위한 어려운 불변의 것이 아님을 확실히 이해하여 두기를 바란다.

불안이나 불행이나 실패만의 인생을 보내고 있는 남녀는, 결국은 '일'의 부분에 해당하는 스포크는 더 이상 없이 완전히 발달해 있으나 사랑의 정신, 우정의 마음에 해당하는 스포크가 불완전한 것이다. 이러한 사람의 인생 수레는 바퀴가 균형이 잡히지 않았기 때문에 끊임없이 삐거덕삐거덕 삐걱거리고 비틀거리면서 나아가는 것이다.

나는 이 책에서 인생 수레바퀴의 중요한 스포크를 하나하나 들어서 인생의 성공이 얼마나 많이 이것과 관련되어 있는지를 보여주려고 한다. 물론 여러분 한 사람 한 사람의 경우 각기 다른 처방전을 줄 수는 없지만, 우선 개인의 개성을 속속들이 드러내게 하고, 그런 다음에 그 개선으로 나아가기 위한 흥미와 용기를 주려고 한다.

1
사회 생활

인생의 수레바퀴에는 가장 핵심적이고 중심이 되는 4개의 스포크^{바퀴살}가 있다. 수레바퀴의 기본에 해당하는 이 4개의 스포크란 인간생활의 기본인 사회생활, 일의 생활, 성적 생활, 여가의 생활이라고 할 수 있다. 그림을 보면 알 수 있듯이 인간 일생의 각 시대의 선이 수레의 허브^{바퀴통}, 즉 태어났을 때의 기본 개성을 중심으로 하고 각 스포크를 통하여 점차 가장 바깥쪽의 림^{바깥테} 선, 즉 완성된 성년기의 선을 향하여 퍼져 간다. 여러분의 인격이 현재 어느 정도로 되어 있어야 하는지를 확인하려면, 지금 속해 있는 선과 스포크와의 교차점에 × 표시를 하면 가장 잘 알 수 있다.

한 예를 들어 보기로 하자. 지금 당신이 매우 무미건조한 은 둔자와 같은 생활을 반복하고 있다고 하자. 당신은 다른 사람과 사귀어도 아무런 흥미를 느끼지 못하며, 주위에 친구라는 사람이 한 사람도 없다. 당신은 시민으로서도 시정市政에 대한 아무런 관심과 의견도 없고 또한 시의 개선 발달의 문제에도 전혀 흥미를 가지고 있지 않다. 따라서 현재의 사회와는 고립되고 전혀 교섭이 없는 상태이다. 이것은 친구와의 친한 교제를 즐길 수 없다는 것은 분명히 당신의 인생 수레바퀴에서는 사회생활의 스포크 발달이 대단히 늦어진 상태로 아직 유년기의 선에 머물러 있다는 것을 말하고 있는 셈이다. 그렇지만 당신이 전적으로 태어날 때부터의 목석같은 사람이 아니고 모든 생활을 자신의 가족과 가정생활만의 작은 세계에 밀어넣고 있다고 상상해 보자. 그러면 당신은 유년기의 선상을 상당히 넘었다는 것을 쉽게 알 수 있다.

좀 더 나아가 당신이 사회생활의 스포크에 있어서, 단순히 가정생활의 작은 세계에 틀어박혀 있을 뿐만 아니라 외부의 아주 적은 두세 사람과 교제하고 있지만, 그래도 아직 전체로서는 세상에 대하여 나는 아무런 상관없는 구제하기 어려운 태도라고 가정해보자. 이 경우 당신은 대단히 약한 인간으로서 세상 사람들과 서로 사귀고 서로 융화되어 가도록 자신을 세상에 적응시킬 만한 능력이 없다고 믿고 있는 것이다.

당신이 대다수의 세상 사람들에게 의심의 눈을 향하고, 자신에게 가해질 타인의 사악한 계획에 대해서는 어디까지나 스스로 몸을 보호하지 않으면 안된다고 보고, 또 이 세상은 성욕과 타락된 욕망으로 완전히 더러워진 것이라고 생각하고, 오직 자신의 가족과 일상 교제하는 겨우 두세 사람들만이 참으로 존경할 만한 것이라고 믿는다면, 당신의 사회생활의 스포크 발달은 아직 불완전한 상태에 놓여 있는 것이다. 그렇기는 하지만 세상의 사람에게도 많든 적든 이러한 경향이 있다.

이런 부류의 사람들은 즐겨 이러한 의견을 내세우고 싶어한다. 즉, 세상에는 자신들과는 전혀 관계가 없는 부류의 사람들이 많고, 자신들만의 그룹이라든지 사회지위적인 계급이라든지 직업상 관계된 사람들 이외의 문제에 대해서는 전혀 관계가 없다고 하는 의견을 내세우고 싶어 하는 것이다. 이런 부류의 사람이라 하더라도 과연 어느 정도는 사회 연대의 책임도 인정하고 올바른 법률에는 순종하며 올바르지 않은 법률에는 반대의 의견을 표시하는 일은 있으나, 이러한 사람은 타인을 새롭게 사귀고 만나는 것을 좋아하지 않을 것이다.

그렇지만 보통의 사람이라면 누군가가 동료가 되는 사람을 교제하고 있는 광경을 등한시하지 않을 것이다.

여러분의 대다수는 사회 개량의 문제에 대해서는 다소의 견해와 차이는 있을지라도 마찬가지로 강한 관심을 가지고 있을 것으로 본다. 그렇다면 완성된 사회인이란 사회적 완성의 경지에 도달한 사람으로 자신의 일생이 세상 사람들의 행복에 조금이라도 기여하는 바가 있다고 인정하지 않는 한, 단순히 자신만을 위한 삶이라면 그다지 가치를 높게 인정하지 않을 것이다.

완전한 사회인은 일상생활의 여러 문제에 대하여 주위의 것을 정직하게 취급할 뿐만 아니라, 그 때문에 또 자신을 유익하게 하는 기회도 많고, 결국에 그의 인생이 주위 사람들의 정신적 재산에 많은 것을 보탰음을 발견할 것이다. 따라서 이러한 사람은 당연히 자신의 가족만이 온 세계에서 가장 선량하며 친구들이 가장 훌륭한 인간이며, 마을이나 도시가 온 나라에서 가장 뛰어나고 자신의 국가가 항상 세계 제일이며 자신들은 신이 만드신 가장 고귀하고 훌륭한 민족이라고 어리석게 믿는 일은 결코 없을 것이다.

이렇게 사회적으로 매우 완성된 사람은 이해와 관용의 정신이 풍부하다. 그들은 때로는 자신과 직접 관계가 없는 사람들이 바라는 것이나 하고자 하는 것도 알려고 노력한다. 그들은 완전한 민족 또는 국민을 악인, 게으름쟁이, 범죄자 등의 말로써 비난하거나 공격하는 일은 결코 하지 않는다. 그렇지만 그들은 과학이나 인간의 예지에 의해서도 용이하게 고쳐지지 않는 편견이라든지 인습에 대해서는 매우 회의적이다. 어쨌든 이러한 사람들은 타인에 대하여 자기 계발의 기회를 부여하고 싶다고 바라는 것이다.

따라서 사회적으로 완전한 생활을 영위하고 있는 사람은 인생의 수레바퀴가 사회적 방면의 스포크는 가지런히 잘 발달해 있는 것이다. 그들은 사회에서 자신의 지위를 잘 이해하고 그 지위에 상당하는 책임을 다하는 데에 더 없는 기쁨을 느낀다. 또한 그들의 사회적 지위 또는 재물이 어떠한 것이든 자신의 지위를 고상하고 존경할 만한 것으로 하려고 항상 노력하면서 살아간다. 그들의 지식이 방대하게 많고 풍부할수록 사회에 공헌하는 것이 필요함을 깊이 느낀다. 만약 그들의 지위가 대단히 유력한 것이면 것일수록 유력자로서의 자신의 개인적 역량은 사회 공공의 복지에 사용되었을 때에만 가치 있는 것으로 인정한다. 이들은 완전한 민족의 발전에 최대의 관심과 흥미를 느끼고 있으므로, 따라서 세상 사람들과 한층 친밀한 교제를 맺는 일에 관심을 가지게 된다. 이 목적을 위해서 이들은 외국의 언어, 사상, 철학, 문학과 기타 여러 방면에 관한 지식을 획득하고 연마한다. 한편으로는 과학의 진보와 역사의 비극에는 특히 각별한 흥미를 가지고 있다. 이들은 의복의 일부분에 이르기까지 외면상의 풍채나 태도는 내면의 협동 정신을 뜻하는 것이라 하여 항상 마음을 쓴다. 이들은 어떠한 상태에 있어서도 자신의 도덕적 의무는 직접 교섭이 있는 사회에뿐만 아니라 자신의 능력과 기회를 최대한으로 이용하여 더욱 널리 일반 인류 사회에 공헌하는 것이라고 자각하고 있다.

이와 같은 고도로 완성된 사회인으로서의 자질은 모든 사람에게 주어져 있는 것은 아니다. 때로는 육체적 또는 환경적인 원인이 사회적 완성의 방해가 되는 일도 있을 것이다. 그렇지만 이러한 원인에 방해받는 경우는 사실은 아주 적은 것이다. 감히 말하지만, 지금 이 책을 읽는 여러분이 인류의 행복에 기여하는 일에 오늘날 하고 있는 것 이상의 일을 할 수 없는 사람은 한 사람도 없을 것이다. 여러분 대부분이 완성된 사회인이 되려면 전문적인 학자나 법률가나 정치가나 또는 중요한 행정관이라도 되지 않으면 안된다고 생각하고 있을지도 모른다. 그것은 전혀 잘못된 생각이다. 지금 이 장을 다 읽고 나면 곧바로 책상에 앉아, 알고 있는 친구에게 편지라도 쓰거나 또는 오래 격조했던 친구에게 안부를 전하거나 함으로써 여러분의 생활을 사회적 완성을 향하여 범위를 넓히는 일은 더 없이 용이한 일이다. 만약 이 페이지를 읽는 한 사람 한 사람이, 곤궁하여 괴로워하고 있는 친구라든지 오랫동안 남이 돌보지 않고 있는 사람이라든지 현재 실망의 심연에 빠져 지푸라기라도 잡고 싶어 하는 누군가에게 위로와 격려의 편지를 보낸다면, 이 책을 읽는 한 가정으로부터 출발하여 거의 끝없게 점차 사회 일반을 향하여 동정이 넘치는 인류애의 큰 물결이 퍼져 갈 것이라고 확신한다.

하나의 예를 들어 보자. 대다수의 사람들은 싸움과 비방과 욕설로 빚어진 서로의 오해 때문에 오랜 친구나 친척과의 사이가 틀어지거나 서먹하여 날마다 불만스럽고 우울하게 불행한 생활을 보내고 있다. 여러분들 중에도 지금은 이미 확실한 이유조차 잊어버린 그런 쓸데없는 오해 때문에 가까운 친척이나 친구에게 적게는 몇 달 또는 몇 년 동안이나 말도 걸지 않고 전화도 하지 않은 경우가 상당히 있을 것이다. 사회적으로 훌륭한 인생을 보내기를 바라는 여러분에게 한 가지 간곡한 주문을 한다. 서로 오해하고 있는 상대편인 누군가에게 용기를 내어서 먼저 편지를 쓰거나 전화를 걸거나 또는 방문하길 진심으로 바란다. 그리고 서로에게 상처를 남기는 싸움이나 오해가 얼마나 시시한 것인지, 이 짧은 인생에 몇 분 동안 이상이나 원한이나 시기의 생각을 품고 지내는 것이 얼마나 쓸데없는 것인가를 절실히 생각하고 있다는 뜻을 상대방에게 이야기해 줄 필요가 있다. 이 세상에서 찾으려 하는 절망의 부르짖음을 외치고 있는 우정의 정신이야말로 세상의 남자끼리는 남자 친구로서, 여자끼리는 여자 친구로서 행동함으로써만 확립될 수 있는 것이다. 여기에 여러분이 세계에 평화와 친밀의 기초를 확립하기 위한 가장 효과적이고도 간단한 유일한 방법이 있는 것이다.

사회적으로 완성된 인격의 중요성을 강조하는 이유 중의 하나는, 사람은 혼자서는 지낼 수 없는 다른 사람과 유기적 관계를 맺고 사는 사회적 동물이기 때문이다. 물론 은둔자와 같은 생활도 불가능하지는 않으며 세상 사람들과 관계없이 행복하다고 믿고 있는 사람들도 있다. 하지만 이것은 매우 그릇된 착오의 발상이다. 우리는 타인의 협동을 받는 일에 너무 익숙해져 있기 때문 오늘날 문명사회 건설에 각자가 다해야 할 담당 역할의 중요성을 절실하게 느끼지 않게 된 것이다.

간단히 말해서, 오늘 아침 식사에 대하여 생각해 보자. 당신의 아침밥을 식탁에 올리기까지 과연 몇 백 명, 아니 몇천 명의 사람들의 협력이 필요하였는지를 생각해 보아야 한다.

먼저 커피는 라틴아메리카의 주 생산국인 브라질에서, 설탕은 쿠바나 필리핀에서 왔을 것이고, 빵의 원료인 밀은 캐나다에서 만들어진 것일 것이며, 접시는 멀리 떨어진 체코슬로 바키아에서 점토를 파내어 가마에서 굽고 알래스카나 볼리비아의 광산에서 캔 광물의 재료를 가지고 버밍햄이나 뉴욕의 기술자들에 의하여 마무리 칠해진 것이라 여겨진다.

또, 우유나 물을 순수하고 청결한 것으로 생산해내기 위해서 목숨을 잃은 무수한 사람들이나, 고기가 부패하거나 변질되지 않도록 적당한 방법을 강구하는 식품위생시험소의 일이나, 브라질에서 커피의 열매를 자루에 넣어 운반하는 사람들의 노동을 하나하나 생각하면, 날마다 우리의 아침 식탁에 올려진 밥상이 얼마나 많은 사람들의 정성과 수고와 가축, 자연식물과 싱싱한 야채들의 덕택으로 이루어지고 있는지를 짐작할 수 있을 것이다.

게다가 겨우 아침밥으로 만들어 내기까지의 분업의 부문에 필요한 지식이나 기술, 보통 흔한 아침밥이라도 그 원료를 획득하기까지 과거에 있어서 싸운 전쟁이나 항해하는 기선, 희생이 된 인명, 쓰인 책, 고된 연구와 노동의 시간이나 주의 깊은 조사 등을 생각해 보면, 지금까지 타인이라고 생각하고 있던 많은 사람들과 얼마나 깊은 관계가 있는지를 알 수 있으며 혼자만의 전적인 고독한 생활은 실로 생각도 할 수 없다는 것을 분명히 깨달을 수 있을 것이다.

이처럼 생활의 필요와 행복을 위해서는 온 세계가 각각 유무 상통적으로 서로 협력하는 것인 이상, 사회의 안녕과 자신의 행복과 아무런 관계가 없다는 것은 꿈에도 생각할 수 없게 되지 않겠는가? 우리는 인류 협동이라는 거대한 거미줄에 서로가 걸려 있는 셈이다.

우리가 경험하는 모든 행복은 모두 '인간성의 이해'라는 말로 표현된다. 열망하는 명예라는 것도 모두 이웃 사람의 호의와 관련되어 있다. 오늘날 이와 같은 안전과 평화를 누릴 수 있는 것은 몇 대에 걸친 앞서간 사람들이 노력하고 자연을 정복하여, 여러 원소의 분해 결합의 지식을 획득하고 이것을 자손이나 이웃 사람에게 전해 준 선물, 바로 그것이며 이것이 없었다면 오늘날 풍요롭고 다양하게 누리는 많은 인생의 즐거움과 행복은 전혀 상상도 할 수 없는 상태에 있을 것이다.

내가 굳이 도학자인 체하려는 것이 결코 아니다. 또 여러분이 미래의 보답을 얻기 위하여 한 사람도 빠짐없이 선남선녀가 되어 인류의 행복에 공헌하라고 설교하는 것도 아니다. 나의 소망이라면 전적인 물질주의만의 외곬이 되어도 좋고 또 과학주의의 외곬이 되어도, 이기주의자가 되어도 좋다. 인생의 마지막 골로서의, 그리고 인생 노력의 목적인 이상의 목표로 사회적으로 완성된 생활을 목소리를 높여 강조하는 까닭은, 만약에 여러분이 어린 동포의 보호자가 되지 않았다면, 또 사회적 연대의 사실에 참가하는 것을 거부한다면, 사회는 여러분의 이마에 책임회피자의 낙인을 찍고, 인생은 반드시 이미 견디기 어렵게 따분한 것이 될 것이기 때문이다. 혹시라도 여러분이 사회의 진보 향상을 위해서 협력하기를 거부한다면 언젠가 테러와 범죄를 저지르는 괴한이 나타나서 각 개인의 집에 폭탄을 던져, 사랑하는 가족을 죽이는 일이 있다 하더라도 아무도 원망할 수가 없다. 자업자득이라고 체념하고 어쩔 수 없이 단념하는 수밖에 방법이 없다.

만약에 당신이 인류의 행복에 조력助力을 더하는 것을 아낀다면 언젠가 세상이 모반을 일으켜서 당신의 현재 평화와 행복을 폭력으로 탈취한다고 해도 그것 역시 자업자득이다. 만약에 당신이 우정을 북돋우어 인류의 이익에 도모하기를 게을리한다면 미래의 어느 날 곤혹하여 불행의 바닥에 가라앉았다 하더라도 누구를 책망할 수가 있겠는가? 또한 당신이 사회 협동의 목적에 적극적으로 참가를 거부한다면 세간의 사람들이 당신을 반사회적 존재라고 인정하고 실력을 행사하거나 또는 감옥이나 정신병원에 넣음으로써 자유를 빼앗는 일이 있다고 하더라도 책망해야 할 것은 결국은 당신 자신이다.

문명인의 위대한 유산인 '상식'이야말로 다른 무엇보다도 가장 귀중한 재산이다. 협동과 사회성, 관용과 우정, 연민과 동정, 이러한 말과 동의어인 '상식'을 제 잇속만 차리는 독선의 완고한 시시한 논법과 혼동하지 않길 바란다.

2
일의 생활

사회생활의 완성을 위한 훈련과 노력은 유년 시대부터 시작하여 죽을 때까지 계속되는 것이다. 완전한 사회인이 되려고 하는 사람은 일생을 통하여 매일 그렇게 되기 위한 노력과 훈련을 게을리해서는 안된다. 만물의 영장으로 인간의 특징인 사회성의 향상 발전을 위해서는 어떠한 기회라도 이것을 포착하여 놓치지 않도록 유념해야 한다. 하지만 완전한 사회인으로서의 자질을 구비한 사람은 유감스럽게도 찾기 힘들게 아주 드물다.

인생의 수레바퀴 제 2의 스포크인 '일'의 스포크를 보면, 일반적으로 '사회성'의 스포크보다도 고도로 발달되어 있는 것

같다. 왜 그런 것일까? 그 이유는 그다지 어렵지 않다. 즉, 위장의 요구와 세속적인 경제적 안정에 대한 소망이 대단히 크기 때문에, 완전한 사회인이 되는 것이 중요하다는 것을 역설하기보다는 돈벌이가 되는 일이 필요하다는 것을 들려주는 편이 훨씬 용이하기 때문이다.

오늘날 세상 사람들이 품고 있는 '일'에 대한 인식은 인간의 아픈 곳, 즉 약점을 찌르고 있다. 사회생활을 영위하는 데 있어서 종종 불완전한 소질을 가진 사람들은 처음부터 노동을 재앙으로 여기고, 사회가 그들에게 입고 먹는 길을 가져다주는 것이 당연하며 따라서 입고 먹기 위해 일할 필요가 적으면 적을수록, 즉 팔짱을 끼고 빈둥빈둥 놀면서 지낼 수 있으면 그만큼 행복하다고 믿고 있다.

또 한편으로는 종교의 명목으로 세상 사람들을 계발하는 것에 대단한 흥미를 가지고 있는 사람이 있다. 종교의 교리에 관한 논쟁이라든지 사회 발전의 역사적 탐구에 이르게 되면 이야기는 매우 까다롭게 된다. 그렇지만 심리학적 입장에서 보면, 노동 및 노동에 대하는 태도 관념의 문제는 한 번에 확실히 해결할 수가 있다.

먼저 갓난아기를 보자. 갓난아기는 자신을 발견하는 것과 자기와 주위와의 관계를 발견하는 것이 대단히 중요한 일이다. 아기는 작은 몸을 움직이는 것이 곧 노동이며 또 자신을 관찰하는 것이 무엇보다도 큰 기쁨이다. 그런데 한 사람의 어른이 되어도 심리적으로는 유년기에 머물러 있는 사람이 매우 많다. 그들은 생활의 초점을 그들 자신의 위에 두고 거기에서 한 걸음도 움직이지 않는다. 자신의 건강, 감정, 정서나 환희만이 그들의 전부이며 기타의 다른 일은 무슨 일이든지 간에 자신들의 생명을 유지하기 위한 주요한 일의 보잘것없는 부수물에 불과하다고 여기는 식이다. 이러한 사람의 심리학상 병명을 '나르시시즘'*이라고 한다.

그리스신화의 전설에 등장하는 나르키소스라는 청년이 자기의 모습을 연모하여, 어느 날 늪가에서 물에 비친 모습에 넋을 잃고 가만히 보고 있다가 갑자기 늪에 떨어져 빠져죽은 전설의 청년 이름에서 병명을 딴 것이다. 나르시시즘 환자에게는 이 전설의 주인공과 같은 비참한 운명은 결코 드물지 않다. 설령 빠져죽지는 않는다 하더라도 일생의 정력에 좋은 출구를 가지고 있지 않기 때문에 오십보백보의 운명을 더듬어 가는

나르시시즘 물에 비친 자신의 모습에 반하여 자기와 같은 이름의 꽃인 나르키소스, 즉 수선화가 된 그리스 신화의 미소년 나르키소스와 연관지어, 독일의 정신과 의사 네케가 1899년에 만든 말이다. 자기의 육체를 이성의 육체를 보듯 하고, 또는 스스로 애무함으로써 쾌감을 느끼는 것을 말한다. 예컨대 한 여성이 거울 앞에 오랫동안 서서 자신의 얼굴이 아름답다고 생각하며 황홀하여 바라보는 것은 이런 의미에서의 나르시시즘이다.

것이다.

　유년기와 소년기 사이의 시기 가운데에는 놀이가 곧 일인 때가 있다. 놀이는 아이들에게 참다운 의미의 일로서 가장 필요하다. 놀이를 통해서만 아이들은 세상이나 사물을 알고 자신들이 사는 세계의 새로운 정세에 자기를 적응시키고 또 사물을 창조하는 재능을 배워 얻는 것이다.

　그런데 육체적으로는 계속해서 성장하고 있음에도 불구하고 정신적으로는 어린아이 시대에 멈춰 있는 사람들이 있다. 만일 당신이 생계를 위한 일도 하지 않고 또 나이에 상응하는 일도 하지 않고 여전히 장난꾸러기의 영역에 머물러 있다고 한다면 당신의 인생 수레바퀴의 스포크는 유년기의 선까지 끌어내리지 않으면 안될 것이다. 만일 당신이 하는 일의 전부가 단순히 오락을 위하여, 유희를 위하여, 또는 될 수 있는 한 유쾌하게 시간을 보내기 위한 것이기만 하다면 당신은 어떻게 일을 할 것인가를 알지 못하게 되며 일에 대한 보통 정도의 관념조차 가지고 있지 않은 것이 된다.

　소년 시대에서 청년 시대에까지 사회적인 활동의 일은 주로 학교에서 행하여진다. 그렇지만 드물게는 다른 장소에서 임의로 행하여지는 경우도 있다. 세상 일의 대부분은 심리학적으로 청년기에 있는 사람들에 의하여 행하여진다고 해도 좋을 것이다. 그들은 다양한 분야에서 많은 일을 하게 된다. 그것은 대부분 일하고 싶기 때문이 아니라 일하지 않으면 안되기 때문이며, 일하는 것이 자신들의 예로부터 관례이고 좋은 풍속이며, 또 일하지 않으면 주위 사람들의 지탄을 받기 때문이다. 그들은 학교에 가서 공부하기보다는 어딘가의 공터에서 놀며 다니는 편이 얼마나 재미있는지 모른다고 생각하면서도 마지못해 학교에 가는 소년들의 심리와 매우 흡사하다.

그 다음으로 싫어, 싫다고 하면서도 일하지 않으면 안되니까 일하는 것이 아니라 자신의 어떤 일정한 목적을 이루기 위해서, 예를 들면 가족을 부양한다든지 지식을 얻는다든지 사회적으로 돋보이게 하기 위한 목적으로, 상당한 임금 보수를 얻기 위하여 일하는 아주 보통의 부류에 속하는 사람들이 있다. 이런 종류의 사람을 보고 "당신은 왜 일하는가?"라고 물으면 당장에 대답할 것이다. 단지 생활에 필요한 돈을 얻기 위해서, 그리고 생활을 하기 위해서라고, 그렇다. 그런데 다시 한걸음 더 나아가 "그럼 당신은 왜 살고 싶다고 생각하는가?" 라고 묻는다면 아마 그는 만족스러운 대답을 할 수 없을 것이다. 그는 생존 본능의 맹목적인 힘에 움직여 일하는 것이다. 즉, 일하지 않으면 당장 오늘 굶주리기 때문에 일하는 것이다.

이상과 같은 일에 대한 관념을 가진 사람들의 선을 넘어서 더 한 걸음 나아가면 거기에는 지적 사회인의 목표인 일에 대한 완전무결한 태도가 있다. 보통 사람의 일과 완전한 사회인의 일과 다른 점은, 일하는 데 있어서 그 노동의 결과가 단순히 자신에게 어떤 정신적, 내면적인 즐거움과 기쁨을 가져다줄 뿐만 아니라 사회 공공의 복리를 위해 도움이 되고 동료의 존경도 받는 것을 자각할 수 있다는 것이다.

이러한 식으로 생각해 가면, 인생을 각각 다른 성격을 가진 수레바퀴에 비유한 것은 단순히 설명을 알기 쉽게 하기 위해서이며, 사실은 인생 수레바퀴의 각 스포크는 대단히 밀접하게 서로 연계되어 있기 때문에 확실하게 구별될 수 있는 것은 아니며, 요컨대 사물의 비유에 지나지 않는다는 것을 자연히 알게 될 것으로 생각한다.

어떤 사람이 사회적 입장에서 불완전하고 유치하며 직업적인 면에서 뛰어나고 완전하다는 것은 확실히 알 수 있는 것이 아니다.

직업적으로 완전하다는 것은 그 노동의 가치가 주위의 것에까지 미친다는 것을 의미한다. 자세히 말하면 인류애의 정신이 넘치는 사람은 유치한 놀이나 자신만의 쾌락을 위해서 귀중한 시간을 허비할 수가 없는 것이다.

자신이 일함으로써 동시에 두 가지 목적을 이루는 사람, 즉 자신의 담당하는 일이 사회의 복리를 위해서 도움이 됨과 동시에 인격 완성을 위해서도 도움이 되는 사람은 이 세상에서 가장 행복한 사람이며 이런 사람이야말로 참으로 '완전한 일'을 하는 사람이다.

여기에 하나의 예를 들어 당신이 갑자기 무언가 뜻밖에 일어난 불행한 일 때문에 장애인이 되어 친구와의 교제를 좀 더 쉽게 하고 마음먹는 대로 오고 가고 할 수 있도록 바퀴가 달린 휠체어 발명을 일생의 일로 삼으려고 결심했다고 하자. 만일 발명이 훌륭하게 성공하여 다른 장애인에게도 많은 은혜를 주었다면 당신은 행복을 얻었을 뿐만 아니라 많은 불행한 사람에게도 위대한 행복을 준 것이 된다. 그렇게 되면 완전한 일을 하는 사람이라고 할 수가 있다.

또 하나의 예를 들어 보자. 당신이 어린 시절 고아일 무렵, 남에게 괴롭힘을 당하고 대단한 학대를 받았기 때문에, 같은 불행한 소년들에게 상당한 사회적 지위를 주기 위해서 교육 제도의 개선을 일생의 일로 삼았다고 한다면 당신은 완전한 일을 하는 사람이라고 할 수가 있다. 또 만일 당신이 불행하게도 태어날 때부터 눈이 보이지 않아서, 그 때문에 음악가라든지 시인이라든지 철학자라든지 눈먼 사람들의 교사가 되어 인생 가운데 행복의 빛을 쳐다보게 되었다면 그와 같은 다른 불행한 사람에게도 행복의 광명을 줄 수가 있으며, 이로써 당신은 완전한 일을 한 사람이라고 할 수가 있는 것이다. 그런데, 참으로 완전한 일을 성취하기 위해서는 반드시 '기회와 수련' 양방이 다 필요조건은 아니다. 이것은 아주 분명한 것이지만, 그럼에도 불구하고 많은 사람은 그 양방이 필요하다고 생각한다. 그들은 인생을 이용하지 않은 것의 구실을 찾아내기도 하고 완전하게 일을 하는 사람이 될 만한 기회를 만나지 못한 것을 한탄하기도 한다. 이러한 사람들을 강하게 비난해 주고 싶다. 왜냐 하면, 이렇다 할 일을 아무것도 하지 않은 것에 대한 구실을 찾아내는 것 말고는 시간을 소비하는 사람들은 참으로 유치한 자기중심주의자이며, 또한 전혀 일을 하지 않는 유아와 똑같기 때문이다.

어떤 종류의 일에나 '창조'의 기회는 있다. 단순한 작업복의 단추달기라도 좋다. 도랑파기, 관공서의 청소부, 심부름꾼, 술병에 상표 붙이기라도 무방하다. 여러분의 일이 남들이 보기에는 설령 아무리 단순하고 천해 보여도 거기에는 반드시 창조적이고 건설적인 기회가 놓여 있기 때문이다.

예를 들면 실업失業과 같은 전혀 예상 외의 경우를 강제당하여 어쩔 수 없이 게으름을 피우고 있는 사람이라고 하더라도 역시 창조적인 일의 기회는 얼마든지 있다. 국가의 공공기관이나 민간의 자선 단체 등에 의하여 부양되고 있는 비참한 사람들의 대다수는 무위무능無爲無能의 생활에 만족하고 있다. 인간의 일에 대한 태도는 바쁠 때보다도 한가할 때가 도리어 한층 분명하게 나타나는 것이다. 이 세상에는 언뜻 보아 비참하고 전혀 무미건조한 일이 상당히 많기 때문에 우리는 그것들을 일일이 처리하지 않으면 안되기 때문에 꽤 바쁜 생각을 해야 된다. 그럼에도 불구하고 '완전한 일'을 하는 적극적인 의도를 가진 노동자라면 하루의 바쁜 일을 마치고 나서라도 자신의 향상을 위하여 노력하고 세상에 독창적 기여를 하기 위해서 충분한 시간이 있다. 단순히 일이 없다고 해서 게으름을 피우고 있는 사람은 조금도 일할 의지가 없는 것이다. 만약에 온 세계의 모든 게으름쟁이가 직접 그들의 힘이 미치는 범위 안에서 사회의 개선에 시간을 쓴다고 하면 얼마나 많은 유익한 사업을 성취할 수 있을지 모른다.

인생은 복잡하고 인간의 두뇌는 대단히 미묘하게 발달해 있으므로 '일'과 '창조'에 관한 한 개선해야 할 기회는 때와 장소의 여하에 불구하고 언제나 모든 곳에 놓여 있다.

과거에 서양인은 거의 전부라고 해도 좋을 정도로 돈을 위해서만 일하는 데 흥미를 가지고 많은 재물을 얻고 더군다나 그 재물을 주로 쓸데없는 하찮은 것에 낭비하여 왔다. 반면에 동양은 이미 몇천 년의 오랜 서양 문명이 들어오기 시작하려고 하고 있는 단계에, 즉 미美를 위하여 일하는 것, 완전한 일의 법열法悅을 위해서 일하는 큰 이상이 오늘날의 우리 사회에 이상으로 확고하게 수립되어 있었다.

동양을 여행하던 서양인은 3년 동안이나 고심하여 만들어 낸 상아象牙 세공품을 약간의 돈으로 팔아 주는 동양인을 향하여 비웃음을 퍼부었지만 오늘날에는 서양인이 반대로 동양의 조각사들에게 비웃음을 당하는 위치에 서 있다. 우리는 그 상아 세공품—그것은 대부분의 경우 조각사들이 특별히 팔기 위해서 만든 것이 아니다—의 참다운 가치, 즉 무엇인가를 창조하려고 하는 깊은 정신, 물질의 한 조각을 바꾸어 훌륭한 미로 창조하는 것의 만족감을 이해하기에 이르지 못했던 것이다.

나는 오늘날 경험하고 있는 물질문명의 실패가 우리에게 하나의 교훈을 주리라는 것을 절실히 믿는다. 그 교훈이란 세상에는 돈을 벌기 위한 일 이외에 더욱더 중요한 일이 있다는 것이다. 돈벌이의 일에 종사하고 있는 사람은 당연히 "얼마의 벌이가 되는가?" 하고 그 일에 대하여 묻는 것이다. 이것은 눈에 보이는 외면적인 생활의 안정을 가져다주는 돈을 위해서만 일한다고 하는 어른들의 대표적인 경우이다. 그런데, 완전한 일을 하는 사람은 이와는 전연 다른 철학적 이유에서 일한다. 그의 일에 대한 태도는 "얼마의 이익을 얻을 수 있는가?"가 아니라 "얼마의 이익을 줄 수 있는가?"이다. 이러한 사람이야말로 노동에 대한 보수에 참으로 가치가 있는 사람이다. 그렇지만 노동에 대한 보수의 많고 적음은 그 일의 좋고 나쁨을 결정하는 주된 요소도 아닐뿐더러 최후의 목적도 아닌 것이다.

현대의 불안정한 사회 정세가 전쟁, 야만, 일부 사람들의 이익을 위해서 노예로 삼기 위한 다툼 등에 나아가는 기회가 되지 않고, 반대로 세계적 르네상스를 초래하고 사람들이 정신의 세계에 보다 큰 탐험, 발명의 여행을 통하여 무지, 질병이나 죽음에 대한 공포, 빈곤, 불행 등의 원인을 이 세상에서 제거하고, 마지막으로 정신의 왕국에 탐험이나 발견의 여행을 한 대가로 행복의 아름다운 열매를 즐길 때가 오리라는 것을 나는 절실히 바란다. 또 예술적 정신과 직업적 정신의 분야에도 르네상스가 오리라는 것을 절실히 바란다.

3

여가의 생활

이번에는 인생 수레바퀴의 제3의 스포크 여가에 대하여 말하려고 한다. 과거에는 여가의 문제는 별로 중요시되지 않고 비교적 등한시되었다. 인류가 생존을 위한 가혹한 조건에 강요되어, 하루의 격심한 노동이 끝나면 곧바로 이튿날의 노동을 위한 기력을 회복하기 위하여 깊은 잠의 적막 속에 빠져들지 않으면 안되었다. 따라서 노동과 수면 이외의 것은 전혀 생각할 수가 없었다. 이러한 시대에는 산다는 것이 가장 중요하고도 곤란한 문제로서 육체를 유지하기 위한 노동만이 인간이 할 수 있는 전부였다. 이러한 상황 아래서는 인류는 그 창조적인 온 정력을 다하여 모든 위험에서 자기 몸을 방위하는 것에만 기울이게 되었던 것이다.

이와 같은 과거 시대 사람들의 격심한 노동의 결과가 쌓이고 쌓여 사회적 유산으로 우리에게 남겨진 것이 곧 오늘날 문명이라고 일컬어지는 것이다. 인간이야말로 역사를 만들어가는 유일한 존재이다. 뛰어난 두뇌의 작용이 있기 때문에 우리는 경험의 결과를 후세의 사람에게 남겨 전할 수가 있었고 그 여러 경험이 축적된 것이 이른바 문명을 형성하고, 그리고 낡은 문제는 이것을 용이하게 해결하고 보다 더 새로운 문제에 대처할 수가 있는 것이다. 만일 인간이 일대一代 동안에 불을 만드는 일, 옷을 짜는 일, 집을 세우는 일, 수레나 저울의 제조 등의 여러 기술부터 발명하기 시작해야만 한다면 그 곤란은 대강만 살펴보아도 짐작할 것이다. 만약에 우리의 온 정력이 이러한 원시적인 자기 보존이라는 작은 문제에만 기울여지는 것이라면 예술이나 문명의 창조 분야에 있어서 과연 얼마만큼 성취될 수 있을 것인가?

인간은 자신의 경험에서 얻은 산물을 문자로 기록하고 보존하는 특출한 재능을 가지고 있으므로, 오늘날 우리의 생존을 위한 여러 문제는 물질적으로는 옛날과는 비교가 안될 만큼 편리해졌다. 우리의 문명이 진보하면 진보할수록, 야만 시대라면 파멸이나 죽음을 면치 못했을 천변지이天變地異에 대해서도 비교적 안전하게 보호받고 있다. 오늘날의 문명사회에 살고 있는 사람에게 내일의 먹을 것을 어디에서 구해 와야 하는가가 사활 문제인 경우는 우선 없다고 해도 좋다. 만일 어떤 피하기 어려운 이유로 개인 스스로 먹을 것을 구할 수가 없다면 국가가 돌보아 줌으로써 부양의 길을 강구하여 줄 것이다.

우리는 문명 진보의 도상에 구축된 지식과 기술의 큰 창고를 당연히 우리가 사용할 수 있는 것이라고 믿고 있으므로 선조들의 노력에 대하여 그다지 고마움을 느끼지 못하는 것이다. 우리는 과거의 사람들에 대하여 얼마나 큰 감사의 빚을 지고 있는지를 잘 납득하고 있지 않다. 인류의 영웅이라든지 우리의 생활에 안전과 편리한 기쁨의 선물을 가져다준 사람들의 대부분은 불행하게도 오늘날 그 이름이 남아 있지 않다. 아무도 나이프, 저울, 수레, 배 등의 진짜 발명자 이름을 알고 있지 못하지만, 이러한 발명가야말로 인류 진보를 위해 노력한 가장 위대한 영웅이다.

궤변 같기는 하지만, 일반 사람들이 오늘날의 문명사회에서 일상의 생활 가운데 경험하는 안전 문제가 현대에는 가장 중대한 문제의 근원을 이루고 있다. 이것은 우리 모두 부인할 수도 없는 문제이다. 기계나 과학 문명이 진보한 결과 인간의 생존을 위한 실질적인 노동은 많이 줄어들었다. 아주 최근까지 대부분의 사람은 육체의 생존을 유지하기 위하여 하루 24시간 가운데 18시간이나 일하지 않으면 안되었다. 그런데 오늘날에는 노동 시간은 점점 단축되어 가고 있다. 이전에는 하루 12시간이나 14시간 정도 일해야 했던 공장의 작업도 지금은 6시간이나 8시간으로 충분한 것이 보통이다. 과학과 기술의 발달이 인류에게 하나의 새로운 선물을 한 것이다. 그것은 '여가 시간'의 선물이다.

성경 속에 나오는 므두셀라는 800살 이상 살았다고 성경에 쓰여 있으며 그 밖에 성경 가운데 많은 훌륭한 사람들 모두 대단히 장수한 것으로 기록되어 있다. 그러나 이 기록은 약간 의문스럽다. 왜냐 하면 100년 이상이나 살았다고 하는 사람은 역사상에서도 그 예가 드물기 때문이다. 옛날에는 갓난아기의 사망률은 일반적으로 대단히 높았다. 죽음이나 질병, 전쟁이나 전염병, 기타 생존을 위협하는 자연의 혹독함이 갓난아기에게 주어진 천명을 매우 대단히 짧게 하였다. 어린아이가 잇달아 새로이 태어나도 자꾸만 죽어갔다. 그렇지만 아무도 그 원인을 알지 못했다.

그런데, 이제 현대 의학기술의 많은 연구성과와 발달로 인하여 인생 60년이라는 관념은 뒤집혔다. 오늘날 이 세상에 태어나는 아기는 평균적으로 적어도 70년은 살 수 있는 기회를 가지고 있다. 인간의 수명이 점차적으로 60년, 70년, 80년, 더 나아가 90년으로, 점점 장수할 수 있게 될 것이다. 그리고 유아의 사망률도 앞으로 더욱 낮아질 것이다. 의학—나는 이 말을 될 수 있는 대로 넓은 의미로 쓰고 싶다—도 우리에게 새로운 선물을 하였다. 그것은 인생을 활용할 수 있는 '시간'이라는 선물이다.

노동을 안락하게 해주는 과학의 진보와 장수를 가져다주는 의학의 발달로부터 시간의 선물을 받은 현대인은 선사받은 그 '시간'을 어떻게 써야 할 것인가 하는 새로운 문제에 부딪친다. 인생의 수레바퀴에서 여가의 문제가 중요한 스포크의 하나를 차지하고 있는 까닭은 바로 여기에 있다. 현대에는 이 여가의 활용을 건설적으로 해결할 수 없는 사람은 참다운 행복을 얻을 수가 없다. 그전에 부지런히 일하고 있던 무렵에는 인생의 어려운 문제에 당면해도 만족하게 그것을 해결하던 사람들이 오늘날 많은 여가를 얻게 되자 갑자기 인생 문제 해결의 무능력자가 되어 버렸다고 하는 예를 나는 많이 알고 있다.

"부지런한 부자는 하늘도 못 막는다"는 옛 속담이 있는데 이 것을 정신생활의 방면에도 적용하고 싶다.

많은 사람은 다년간 인생의 근본적인 여러 문제 해결에 노력을 아끼지 않았음에도 불구하고 인생의 근원적인 문제의 하나가 여가 이용에 있다는 것을 깨닫지 못하였기 때문에 자신들 인생의 행복이 한쪽 구석에 밀어붙여져 있는 것을 뒤늦게 발견해 가고 있다.

사회의 발달이라든지 문명의 발달과 마찬가지로 여가에 대처하는 태도의 발달도 갖가지 진화의 길을 밟아간다. 갓 태어난 어린아이에게는 여가가 생활의 전부로서 일다운 일은 아무것도 없다. 우선 어머니의 유방이 어디에 있는지를 알고 젖을 빨며 자신의 다리와 침대의 다리와의 구별을 이해하고, 무엇인가 불유쾌하고 좋지 않은 일이 있으면 울며 소리 지르며 우는 것이 갓난아기 일의 전부일 것이다. 이러한 '일'이 사회와 아무런 교섭도 없음은 말할 것도 없다.

여가에 대한 태도가 전적으로 갓난아기와 마찬가지로서 여가 시간을 자신의 몸과 감정을 위해서만 소비해 버리는 사람들이 있다. 만약에 여러분이 해야 할 일도 가지지 않고, 따라서 세계에 대하여 아무런 공헌도 없고, 여가의 전부를 자신의 몸, 감정, 생각 또는 욕망을 위해서만 소비한다고 하면 개인은 갓난아기의 영역을 한 걸음도 나가지 못했다고 보아도 된다.

이보다 한 걸음 더 나아간 시간의 소비 태도는 따분해지면 울기 시작하여 달래 주기를 바라는 유아의 상태와 매우 흡사하다. 상당한 나이에 이르렀으면서도 시간의 소비 태도는 지금도 유아의 시대나 그 다음 시대, 즉 갓난아기와 소년의 중간과 같은 시대에 머물러 있으므로, 자신의 귀찮은 일은 세상이 돌보아 주는 것이라고 믿고 있는 사람이 대단히 많다. 이러한 사람들은 대체로 주위의 사람들이 달래 주고 응석을 받아 주기를 바라며, 언제나 달래 주거나 응석을 받아 주지 않으면 대단히 심기가 불편해진다. 그들은 자진해서 행복을 구하는 것이 결코 아니고 남이 가져다주는 행복이라는 선물을 거저먹는 것을 마치 정당한 특권이라고 생각하고 있는 것이다. 여가에 대하여 이와 같은 태도는 아직도 유아의 영역을 헤매고 있다고 할 수 있을 것이다.

그 다음의 수준, 즉 청년 시대의 여가는 상당히 개인적인 문제이다. 청년은 유쾌함을 추구하지만 그 유쾌를 구하는 태도가 종종 수동적이어서 오로지 외부로부터 주어지는 것을 기다리고 있는 경우가 많다. 예를 들면, 인생 유일의 쾌락이며 동시에 여가 시간을 활용하는 유일한 방법은 영화 관람이라고 생각하고 있는 모습이다. 그들이 영화를 관람하는 태도는 일부의 사람들이 고달픈 세상의 고생에 견디지 못하고 울적한 마음을 풀 만한 것으로 술을 마시는 것과 거의 똑같다. 그러나 일반 사람들은 단순히 어릿광대의 익살스러운 몸짓이나 아름다운 영화 여배우의 연기를 바라보고 즐거워할 뿐만 아니라 무엇인가 자신만의 도락을 찾고 싶어 한다. 그래서 어떤 사람은 각종 운동경기에 취미를 발견하고 그로 인하여 때로는 스포츠계 일반의 발전에 공헌하게도 되는 것이다.

마지막으로 여가에 대처하는 태도가 심리학적으로 완성의 영역에 도달한 사람들의 일에 대하여 알아보자. 그들은 이제는 여가를 귀찮은 것으로 생각하기는커녕 반대로 좋은 기회로 인정한다. 이러한 사람은 과거의 시대에는 단순히 자기의 생존 또는 민족의 생존 문제의 해결에만 향해져 있던 막대한 창조적인 여러 힘을 오늘날 이러한 소극적인 문제에 소비하거나 의미가 없는 심심풀이에 소비해서는 안된다고 생각하고 있다. 인생 수레바퀴의 여가 스포크가 완전무결하게 발달한 사람은 자신이 사는 세계를 창조하는 강한 힘을 자신의 가슴 속에 가지고 있는 것을 자각한다. 그는 양심적인 프로그램 아래 여가 시간을 사용하며 도락 또는 취미를 가지고 있다. 그리고 혹은 자신의 독창적 본능의 발전에 이바지하고 혹은 세상 사람이나 자연이나 동물이나 식물 등에 대하여 보다 친밀한 접촉을 꾀한다. 그의 도락은 단순한 퇴영적이고 고식적姑息的인 것이 아니라 적극적, 진보적이며 평범한 오락적인 것이기 보다도 오히려 독창적이고 예술적이다.

여가 스포크의 첨단, 즉 바깥쪽의 림바깥테에서 우리는 이런 종류의 사람을 발견한다. 그들의 여가는 오로지 예술 또는 미 美의 창조, 기타 부류와 같은 창조적 욕망의 충족에 집중되는데, 이러한 창조적인 일의 결과가 마침내 또 세상의 진보에 놀랄 만한 새로운 가치를 가져오는 것이다.

4
성적인 생활

    인간의 육체적인 가장 강한 본능의 하나인 성적 충동은 여러분이 개인 생활을 해나가는 가운데 역시 갖가지의 진화의 길을 밟아가는 것이다. 유년 시대에 성생활은 전적으로 자신에게 국한되어 있다. 맨 처음 어린아이는 자기의 몸 전체를 사랑하고, 발가락을 사랑하는 것과 마찬가지로 손가락을 사랑하고, 코를 사랑하는 것과 마찬가지로 발가락을 사랑하고, 생식기관을 사랑하는 것과 마찬가지로 코를 사랑한다. 그러는 가운데 육체의 호기심은 점차 생식기관 그 자체에 기울여지게 된다.

    나쁜 습관과 잘못된 교육 때문에 유달리 성생활의 발달에 관한 한, 많은 나이가 되어도 어린아이의 영역을 벗어나지 못하는 사람이 대단히 많다. 그들은 이기적인 범위를 한 걸음도 벗어나지 못하며 자신의 육체야말로 온 세계에서 가장 귀중한 육체라고 생각하고, 애석하게도 많은 시간을 이기주의와 자기 만족을 위해서만 소비하게 된다.

아직 유치하기는 하지만 이보다 조금 나아간 부류에 속하는 사람들은 어느 정도까지는 자신의 육체 이외의 것을 사랑하지만, 그러나 그들의 사랑은 오직 한 사람에게, 보통은 자신의 부모에게 국한되어 있다.

소년이든 소녀든 그들의 맨 처음 애인은 어머니이다. 일생을 통하여 어머니만을 계속 사랑하는 사람도 많다. 때로는 소녀가 아버지를 사랑하고 소년이 어머니를 계속 사랑하는 수도 있다. 그런데 어린아이 시대가 끝날 무렵이 되면 사랑의 본능은 그들의 동성으로 향한다. 소녀들은 동성애에 빠지거나 소년들은 스포츠 선수, 군인, 선생님, 친구 가운데의 연장자 등에 대하여 영웅 숭배의 사상을 품게 된다. 소녀들은 연애인, 영화 여배우, 사교계의 부인, 역사나 소설 속에 나오는 유명한 인물들을 열렬히 사랑하게 된다.

성적 문제에 대하여 잘못된 교육이 행해지고 있는 오늘날에 참으로 많은 성인이 지금도 이 문제에 관해서는 소년소녀의 수준에 멈춰 있다. 그리고 성에 관해서는 동성애의 정도에서 떨어지는 일이 적은데, 더구나 지적으로는 전적으로 성년에 다다른 사람이 자기들의 이 상태를 합리화하고 정당화하기 위하여 매우 자주 두뇌를 낭비하고 있다. 이러한 사람 중에는 때로는 드물게 예술이나 기타의 창조적인 분야에서 두드러지게 발달해 있는 사람도 있다. 그래서 그들은 이러한 잘못된 결론을 내린다. 즉, 그들의 예술 기타 창조 분야에서 뛰어난 재능이야말로 이른바 '순결'의 선물이다. 정신의학적 입장에서 보면, 그들의 '순결'이라는 것은 실은 무지, 이기주의, 인격의 사회적 발전의 실패 등의 말의 동의어 바로 그것이다.

나는 정신의학자로서 다음과 같은 중대한 법칙을 세울 수가 있다. 즉, 심리학적 측면으로 볼 때 사회인으로서 불완전한 사람은 마찬가지로 심리학적 의미의 성생활에 있어서도 불완전하다. 이 사실은 완전한 육체의 소유자라면 보통 정도의 성생활을 영위할 수 있지만, 완전한 사회인이 아니면 정신적인 의미에서 성생활의 실패자라는 것을 의미한다.

성의 문제에 대하여 간혹 상당한 식견識見을 가지고 언뜻 보아 완전한 인격자인 것으로 생각되는 사람이면서도 실상 심리학적으로는 사회인으로서의 발달이 미숙한 까닭에 육체적으로 완성의 영역에 들어갈 수 없는 사람들이 있다.

여기에 한두 가지 예를 들어 보자. 만일 한 남자가 육체적으로 완전한 발달 상태이면서도 부인을 정신적으로 사랑할 수가 없고, 자기 발정적 수단으로 자신을 만족시키고 있다고 하면, 자신이야말로 가장 자신에게 어울리는 짝이라고 믿고 있는 것이다. 이로 인하여 그의 사회적 분야는 자아自我에 의하여 단단히 묶여 있는 것이다. 그는 부인에 대하여 사랑스러운 제스처를 보일 용기도 가지고 있지 못하며 또 모든 여자가 그의 자아에 대한 위험한 위협의 상대로 보이는 것이다. 자기 발정적 행위를 하고 있는 사람의 대부분이 항상 고립된 생활 방법을 하고 있는 것은 이러한 이유이다. 이러한 행위는 신경쇠약의 원인이 된다고 일반적으로 알려지고 있다. 그렇지만 그것은 어리석은 황당무계한 생각일 뿐이다. 이러한 행위의 유일한 위험은 오히려 그들을 사회적 고립으로 이끄는 것이며 사회적 고립이야말로 문명인이 범해서는 안될 죄악의 하나가 될 수 있다.

아직 보통의 수준에는 이르지 않았으나 이것보다 조금 더 나아간 부류의 사람들은 이성異性을 태어날 때부터의 적으로 간주하여, 노예로서 지배하기도 하고 학대하기도 한다. 그들은 그 자연의 애정을 이성 가운데서 찾아 낼 용기는 있으나 아직 성적 공동 정신을 요구할 용기는 가지고 있지 않다. 세상의 대다수 사람들은 아마 이것과 오십보백보일 것이다. 그들은 이성 가운데서 누군가 한 사람을 선택하여 결혼하고 결혼 생활의 책임을 다하며 아이를 낳아 사회에 유용한 일원이 되게 하기 위하여 자신들의 신분에 따라 길러 낼 뿐이다.

그러면 완전한 성생활이란 어떤 것일까? 완전한 성생활을 영위하는 사람들은 완전한 사회인·직업인·여가인의 경우와 마찬가지로 그들이 사는 세계에 적극적이고 아름다운 기여를 하려고 힘쓴다.

결혼 생활을 '자신과 당신의 합명회사'라고 생각하고 있는 남녀가 있다. 이러한 사람들의 결혼 생활은 정말 '자신과 당신의 합명회사'란 이름으로 표현할 수가 있다. 결혼은 개인의 세계와 사회인의 세계와 서로 접하는 탄젠트tangent 선의 하나이다. 세상의 보통 사람에게 결혼에 의하여 만들어진 '자신과 당신'의 세계는 동시에 사회 관계의 세계이기도 하다. 이것이 결코 나쁘다고는 말할 수 없다. 다만 최상의 것이라고 말하지 않을 뿐이다. 완성된 인격을 가진 사람에게는 '자신과 당신의 합명회사'의 창립은 단순히 '자신과 당신'의 사회적 혹은 성적인 여러 문제의 해결일 뿐만 아니라 가정 밖의 일반 사회에 대한 결정적인 공헌이어야 한다.

바꾸어 말하면, 심리학적으로 완전한 결혼 생활을 하고 있는 사람이란 단순한 성적인 의미에서 서로 만족하고 있을 뿐만 아니라 그들의 결혼 생활이 더욱 널리 사회적으로 중대한 가치를 가져올 수 있는 사람이어야 한다.

인생의 수레바퀴에 성생활의 스포크가 완전하게 발달해 있는 그들의 결혼 생활이 개인적인 성의 문제를 완전히 해결할 뿐만 아니라 겁이 많은 다른 사람들의 이상이 되고 본보기가 되는 사람들도 간혹 있다. 완전한 결혼 생활을 하고 있는 사람들은 다소 불완전한, 또는 보통의 결혼 생활을 하고 있는 사람들 사이에서 종종 볼 수 있는 불과 같은 정열은 가지고 있지 않다. 불타는 열정은 가지고 있지 않지만 단순히 성생활의 범위뿐만 아니라 사회 생활, 직업 생활, 여가 생활의 분야까지도 그 창조적 정신의 깊이와 아름다움에 의하여 특색 지어지고 있다.

이제 인생 수레바퀴의 주요한 네 개의 스포크에 대하여 대략 언급하였다. 여러분은 네 개의 스포크에 각자의 발달 정도의 표를 가능한 한 정확하게 체크해 보도록 하라.

이 문제에 대하여 친구들과 논의 또는 좌담회를 여는 것도 좋은 방법이 될 수 있을 것이다. 여러분은 스스로 인생의 수레바퀴를 그리고 각 스포크의 발달 정도를 써넣을 수도 있다. 또 자신이 한 평가와 친구가 해 준 평가를 비교해 보는 것도 대단히 좋은 방법일 것이다. 그리고 서로 다른 점을 토론하는 것도 유익한 일이다. 참고로 돋보이게 하는 짓은 그만두어야 한다. 무엇보다도 생활에 성공하는 첫걸음은 우선 자신부터 자만과 위선의 베일을 없애는 것이다. 만약에 자신은 이미 완전하다고 마음속으로 믿는다면 성공하지 못할 것이 불을 보는 것보다도 분명하다. 마음속으로는 자신은 이미 완전하다고 믿고 있어도 친구들은 그렇게는 생각지 않는다고 하면 당신의 판단에 무엇인가 착오가 있다는 것, 이 또한 분명한 사실을 인식해야 한다.

전적으로 허심탄회하게 되어 현재의 자신을 네 개의 스포크에 그려 나타낸다면 여러분은 생활의 성공자가 되기 위한 장래의 진보의 가장 결정적인 계획을 세워서 이미 가능한 실행의 첫걸음을 내디딘 셈이다.

네 개의 주요한 스포크 가운데 어떤 것이 특히 발달이 뒤처진 것을 발견했다고 하더라도 여러분은 별안간에 비약하는 발달을 바라거나 조급히 굴어서는 안된다. 썩 뛰어난 발달보다도 우선 평균적인 성장의 발달에 유의해야 한다. 여러분의 주위에 정말로 심리학적으로 완성된 사람은 아주 적으므로 우선 마음을 편안히 하고 너무 조급하게 굴지 않는 편이 좋다. 참다운 인격의 완성은 다년간 노력의 결과이다. 정신의학적으로 참다운 인격의 완성이 30대 초반에서 40대 무렵에 다다르기는 아주 드물지 않을까 생각한다.

생활에 성공하는 최후의 골은 원만한 완성된 인격이라는 것을 마음속 깊이 명심하길 바란다. 만일 어느 것인가 한 개의 스포크, 예를 들면 일의 스포크가 상당한 발달을 이루었더라도 다른 전부가 똑같이 발달하기까지 조금도 만족해서는 안된다. 현재의 각 스포크의 발달 정도를 인생의 수레바퀴에 써넣은 다음 침착하게 한 번쯤 5개년 계획이라도 세워 보는 것이 더 중요한 일이다. 그러나 너무 욕심부리고 성급한 계획이어서는 안된다. 성공적인 생활을 완성시키려면 하루나 1주, 1개월, 1년의 노력으로는 안된다. 그것은 또 통계의 숫자도 아니고 고정된 한계가 있는 것도 아니며 영구히 끝나는 일이 없는 천리 길의 나그네길이다. 만약 당신이 확실한 목표를 정해도 결코 그 목적에 어김없이 도착할 수 있는 것은 아니다.

당신이 지금까지 이 책을 읽고 많이 얻는 바가 있었다고 느끼고, 인생 앞길의 중대한 목표를 정한다면 그 목표는 반드시 실천 가능한 움직이는 목표이어야 하며 또한 자기완성과 사회개선의 두 가지 목적이 병행된 목표가 더욱 좋을 것이다.

3장

정신적 발달

완전한 교양인이란 자신의 온 지식과 능력을 될 수 있는 한 자신 및 타인에게
적용시키는 사람이어야 한다. 대단히 뛰어난 교양이란 물론 우리가
일상생활의 완성을 위해서 이용할 수 있는 바로 가까이에 있는 것이며,
이 사실이 또 교양의 사회적 유용성의 준칙이 되는 것이다.

인간이 추구해야 할 것은
돈이 아니다.
항상 인간이 추구해야 할 것은
인간이다.

— 푸시킨

5

교양에 대하여

지금까지 인생 수레바퀴의 주요한 여러 사항의 검토를 마치고 사회 생활, 일의 생활, 성생활, 여가 생활의 각 스포크에 현재의 진보 정도를 써넣었으므로 다음으로 중요한 다섯 개의 스포크에 대하여 하나하나 설명을 더하려고 한다.

먼저, 첫째로 사회 생활과 일의 생활 한가운데에 있는 교양의 스포크이다. 당연히 받아야 할 교양을 전혀 받지 않은 사람이 인생의 낙오자가 되는 것은 말할 것도 없는 것이다. 자칫 세상 사람은 초등학교에서 대학까지 졸업하기만 하면 그것으로 교양에 대한 모든 배움은 끝난 것이라고 생각하기 십상이다. 그들은 졸업증서나 학위를 얻는 것으로 충분히 교양 교육을 받은 교양인이라고 생각한다. 그렇지만 오늘날에 이러한 사고방식은 통용되지 않는다. 과거에는 형식적으로 학교의 문을 빠져나가기만 하면 그로부터 뒤의 일생은 게으름을 피우고 있어도 '생활을 위해 얻은' 지식 속에 마음이 태평스러울 수 있었을지 모른다. 그러나 일진월보^{日進月步}하는 오늘날의 세상은 이러한 사고방식의 존재가 허용되지 않는다. 오늘 교육받은 교양은 내일의 진보를 위한 교양이어야 한다.

형식적인 학교만이 유일한 교양을 배우는 장소가 아니다. 신문, 잡지, 영화, 연극, 라디오, 텔레비전 등의 미디어는 모두 오늘날 최대의 훌륭한 교육가이다. 교양교육을 다 받았느니 어쩌니 하는 사람은 결코 있을 수 없다. 교양이 있는 사람의 특징은 그가 끊임없이 신지식이 많으면 많을수록 모든 사회적인 현상을 흡수하려는 노력이 있다.

우리가 진보의 도상에 있어서 무학 문맹의 사람이 영구히 유아의 영역을 멀리 벗어나지 못하는 것은 말할 것도 없는 사실이다. 무학 문맹은 글자 그대로 유아 수준의 교육 정도이다. 청소년 시기가 되어도 교양에 대한 태도는 유아의 시대와 별로 다르지 않다. 이 시기에는 의무교육제도 아래 강제적으로 가르치는 것만을 배운다. 이들은 읽기, 쓰기, 산수의 최소 한도의 지식으로 만족하고 그 이상으로 나아가기를 결코 노력하지 않는다. 형식적으로 어느 학교를 졸업하고, 또는 적어도 고등교육 정도는 받고, 빈약하지만 다소의 신지식을 인쇄 활자와 라디오, 텔레비전 등에서 받는 것이 일반의 교양 정도이다. 이러한 사람의 교양에 대한 태도는 다음과 같다. 즉, 교양이란 일종의 부질없는 일로써 아무런 수고도 없이 얻을 수 있는 교양이라면 좋고 부단한 연구 노력을 요하는 것이라면 굳이 고심해서까지 얻을 필요는 없다고 생각하는 것이다.

앞에 말한 사람보다도 더욱 한 걸음 나아간 관념을 교양에 대하여 품고 있는 사람들로 행복하게도 대학교육을 받을 기회의 혜택을 입은 사람들이 있다. 그렇지만 이 점에 대해서 나는 단순한 학위의 보유자가 반드시 교양 있는 사람이라고는 할 수 없는 점을 강조하려고 한다. 사회적 지위, 많은 재물 덕분에 대학을 나온 사람들이 많이 있기 때문이다. 하지만 교양은 배워서 얻어지는 것이다. 이러한 사람들은 대학의 교육과는 거의 인연이 먼 사교라든지 오락이라든지 다양한 스포츠 분야를 통하여 기회를 찾는 데에 정열을 올리고 있는 것이다.

이 점에 관하여 '교양'이라는 말의 어원을 상기하는 것도 좋을 것이다. 교양refinement이란 '무엇을 끌어내는 과정'을 의미한다. 간혹 태어날 때부터 학습과정에 의하여 끌어낼 만한 아무것도 주어지지 않은 사람들도 있다. 이러한 사람들을 결코 비난해서는 안된다. 그렇지만 많은 교육을 받은 사람들로서 그들의 내부로부터 교양을 끌어내기에는 너무나 나태하고 무관심한 태도를 가지고 있는 사람들이 있다. 참으로 교양 있는 사람이란 교양을 얻는 것에 적극적인 만족감과 기쁨을 느끼며, 그의 정신적 지적 시야를 될 수 있는 대로 확대하기 위해서는 모든 기회를 잃는 일이 없이 움켜잡는 사람이어야 한다.

나는 일찍이 빈에서 한 대의 택시를 향하여 손을 든 일이 있다. 택시 기사는 응답하지 않았다. 나는 기사가 자고 있는 것이라고 생각하고 깨워 주기 위해서 가까이 갔는데, 그는 앉아서 졸고 있기는커녕 독영사전을 차례로 넘기면서 열심히 키츠의 시를 공부하고 있는 것이었다. 나중에 안 일이지만, 그는 빈의 어느 빈민가에서 태어나 어릴 때부터 학교교육은 아주 조금 초등교육밖에 받은 일이 없었다. 그럼에도 불구하고 그는 깊은 교양이 있는 사람이었다. 왜냐하면, 그는 정신 생활의 계발 향상을 위해서는 어떠한 기회라도 놓치지 않았기 때문에 언뜻 보기에 보잘 것 없는 직업을 가지고 있음에도 불구하고 손님을 기다리는 적적한 시간을 이용하여 문호 시인의 책을 읽음으로써 항상 문학가, 위대한 철학자와 쉼 없이 사귀고 있었던 것이다.

대학교육을 받고 있는 사람은 그 대학교육이라는 좋은 기회의 등불 밑에서 교양의 탐구 노력을 계속할 필요가 있다.

완전한 교양인이란 자신의 온 지식과 능력을 될 수 있는 한 자신 및 타인에게 적용시키는 사람이어야 한다. 대단히 뛰어난 교양이란 물론 우리가 일상생활의 완성을 위해서 이용할 수 있는 바로 가까이에 있는 것이며, 이 사실이 또 교양의 사회적 유용성의 준칙이 되는 것이다. 세상에서 잊혀 버린 시의 한 편이나 무한한 통계의 숫자를 암기할 수 있는 많은 박학한 독서인은, 실은 문학적 내지 지식적 수전노이며 그의 해박한 지식은 그에게나 타인에게 아무런 가치도 없는 것이다. 이러한 문학적, 지식적 수전노는 참다운 교양인이라고는 할 수 없다. 왜냐 하면, 교양의 에센스는 협동성에 있기 때문이다. 자기 한 사람을 위해서 학문을 하고 동료되는 사람에게 그 지식을 나누어 주려고 하지 않는 사람은 설령 그가 아무리 해박한 지식을 책에서 얻었다 하더라도 완전한 교양인의 자격이 될 수 없다.

과거의 교육은 교양과 지식을 구하고자 하는 사람에게 쉽사리 얻어지지 않았다. 그런데 오늘날에는 온갖 종류의 박물관이 지식을 구하려고 하는 사람들 앞에 잇달아 건립되어 박물관의 담당 직원은 지식의 탐구자에게 최대의 정보 안내와 편의를 주도록 잘 훈련되어 있다. 신문이나 라디오, 텔레비전 같은 매체가 더욱더 보급되고, 그것이 사회적 메시지를 전달하는 기관으로써 독자나 시청자에게 헤아릴 수 없는 이익을 주고 있는 것은 논의의 여지가 없는 사실로 되어 있다. 교양이 귀족이나 신사만의 특권이었던 시대도 있었지만 오늘날에는 일반 대중에게 기본적으로 필요한 것이 되었다.

만약에 여러분이 생활의 완성을 이루기 바란다면 먼저 사는 세상을 잘 이해하고, 잇달아 일어나는 여러 사회 문제와 경쟁하는 입장에 서지 않으면 안된다. 생활을 완성시키기 위해서는 사람을 움직일 만한 사상이나 사람이 이용하려고 하는 기술에 대하여 적어도 기초 지식을 가지지 않으면 안된다.

완전한 교양인은 자기보다도 교양의 정도가 낮은 사람에게 끊임없이 교양을 줄 기회를 발견하려고 한다. 정신의학적 견지에서 보면, 자신이 자기를 교양할 수 있는 능력은 가지지 않았으나 다른 뛰어난 사람들의 지식의 씨를 세상에 뿌려 퍼뜨리는 것에 관해서는 대단히 유용한 사람들이 있다. 이러한 사람에게서는 온갖 사람이 교양의 혜택을 향유할 수가 있다. 우리가 맨 처음으로 교양을 받는 것은 책에서나 혹은 직접 가르치는 선생들로부터이다. 그리고는 나이를 먹음에 따라 교양의 새로운 세계가 열린다. 교양의 완성을 바란다면 눈앞에 나타나는 모든 기회를 받아들이고 또한 이용해야 한다.

이미 상당한 교양을 얻은 사람은 책에서 배우기보다는 오히려 사회 사람과의 접촉에서 배우는 편이 비교적 많다. 여러분도 자신보다 많이 알고 있는 동료를 골라 찾아서 그들에게 배워야 한다. 알지 못한다는 것은 결코 수치가 아니다. 그렇지만 지식의 보물이 눈앞에 가로놓여 있음에도 불구하고 무지하다는 것은 옳지 못하고 유치한 정신 상태라는 증거이다. 사물에 대하여 또는 사람에 대하여 끊임없이 지식을 탐구하는 것은 가장 가치가 있고 또한 인류를 가장 많이 이롭게 하는 하나의 탐험이다. 학문적인 지식에 비하면 많은 돈이나 지위, 명예는 거의 아무런 가치도 없다.

이제 더이상 교양의 중요성을 말할 필요는 없을 것이다. 사물을 보고 싶다고 원하지 않는 맹인처럼, 사물을 알고 싶다고 생각하지 않는 것만큼 어리석은 사람도 없을 것이다.

6

참다운 건강

건강이란 원시시대에는 강한 육체만을 의미하였으나, 현대에는 정신적, 사회적인 영역까지 포함하는 건강의 스포크에 대하여 알아보기로 하자. 유아, 소년, 청년, 장년으로 각 세대의 전형적인 건강의 일정한 법칙 따위는 있을 수 없기 때문에, 어찌 생각하면 건강은 생활 완성의 수레바퀴에 속할 것이 안되는 것으로 생각된다. 그러나 건강이 얼마나 생활의 완성에 중요한가를 확신을 가지고 명시하려고 한다.

어떤 사람에게는 건강이 인생 최대의 관심사이다. 그들의 육체는 한 사람의 성인으로 성장해 있을지도 모르며, 또 비교적 건강할지도, 혹은 병든 몸일지도 모른다. 가장 필요한 것은 그들의 건강에 대한 심리학적 태도이다. 육체적 건강이 완전한 생활에 필요한 요소라는 것은 아무도 부정하지 않을 것이다. 그러나 역설적으로 들릴는지 모르지만, 세계에서 가장 완성된 인격의 소유자가 육체적으로 이따금 불완전하기도 하고, 끊임없이 병마에 시달리기도 하는 일을 흔하게 볼 수 있다. 옛날의 현자 철인의 용모 풍채는 오늘날에도 그렇지만, 대부분은 장애와 절름발이, 그리고 여러 해의 질병과 고통 때문에 추하고도 기형적인 모습이었다.

세상에는 태어날 때부터 대단히 건강한 사람과 건강하지 않은 사람이 있는 것은 명백한 현실이다. 그러나 생활의 완성을 위해서는 실제의 건강보다도 그 사람의 육체와 건강에 대한 태도 쪽이 중요하다는 것을 여기서 재차 강조하고 싶다. 예를 들어 모든 시간을 자기의 위장병 걱정만을 하고 있거나 소화불량이라고 끙끙 앓거나, 안색이나 근육의 발달에만 마음을 빼앗기고 있는 사람들은 특히 건강의 스포크에 관한 한 유아의 시대로부터 한 걸음도 진보하지 않았다.

세상에는 강한 근육으로 이루어진 육체가 건강의 상징이라고 잘못 믿고 있는 사람이 많다. 저급한 통속 잡지나 신문을 보면 '거대한 근육만 있으면 인생의 완성은 틀림없다'는 식으로 세인을 기만하려 하고 있는 돌팔이 의사들의 광고나 기사가

도처에 눈에 띈다. 하지만 진리의 길은 오직 하나이다. '육체만 튼튼하면' 주위의 사람은 제 자신의 육체와 동성애에 빠져인생의 보다 더 아름다운 것과 고급스러운 것을 향락할 여유를 가지고 있지 않은 사람들이다. 더구나 그들은 이 잘못된 태도를 타인에게까지 선전하려고 하는 것이다.

어떤 건강한 사람이라도 근육의 발달 정도는 벼룩과 경쟁할수는 없음에도 불구하고, 벼룩을 완전한 동물의 예로서는 좀처럼 들 수 없다. 그것은 제쳐놓고 여러분의 주위를 관심 가지고서 죽 살펴보기 바란다. 거기에는 체력이 가장 강하게 발달한 사람들이 대개 육체적 힘이 많이 드는 어려운 일에 종사하고 있고, 체력은 약해도 지력에서 비교적 잘 발달한 사람들이일의 계획과 지휘를 맡거나 또는 그 일의 결과의 대부분을 총괄하는 입장에 서 있지 않은가?

세상에는 하찮은 사소한 질병을 고치려고 진료 받던 의사에게서 다른 명의사를 찾아다니는 신경쇠약의 낌새가 있는 환자가 매우 많다. 그들은 그렇게 함으로써 흔히 진짜 병자가 되고있는 셈이다. 가정에서의 폭군이 으레 힘없는 갓난아기이듯이, 인생의 목적이 건강한 육체라고 생각하고 있는 다수의 사람들은 정신의학적으로 보면 그들은 불건강의 위세를 가지고주위의 사람에게 군림하고 있는 무리들이다. 불면증의 하나

하나의 경우를 말하면 한이 없듯이 육체적으로 완전히 발달하지 않은 사람들 한 사람 한 사람의 경우를 논하고 있으면 전적으로 오리무중에 헤매고 만다. 건강에 대한 심리학적 태도는 청년기에 이르면 다소 분위기를 달리한다. 이들은 자기의 육체에 관하여 이미 유년기의 사람들이 가지고 있는 그런 관심은 가지지 않게 된다. 이들은 건강에 관한 여러 가지 상식적 법칙을 뽐내며 무시함으로써 얼마나 그가 전능하며 또한 세상 일반인과 다른지를 과시하려고 한다. 이리하여 이런 부류의 대부분은 건강에 관한 한 전혀 필요 없는, 때로는 광기 어린 위험을 범하면서까지 자기의 우월을 나타내고 싶어 한다. 예를 들면, 비 오는 날에 레인코트를 입지 않고 다니거나 추운 겨울에 외투를 입지 않고 으스대거나 하는 식이다. 즉, 자기의 몸을 불필요하게 추위나 더위에 드러내 놓고 가장 상식적인 질병의 예방법조차 거부하는 것이다. 이런 종류의 허세는 흔히 이기주의의 가면으로서 한 꺼풀 벗기고 내면을 관찰하면 참으로 시시한 것에 지나지 않는다. 보통의 사람이라면 건강에 상당한 주의를 기울이고 조금이라도 발병의 조짐을 발견하면 이내 의사에게 달려간다.

건강의 완전한 태도에 대하여 우리는 다시 건강의 사회적 가치를 논하지 않으면 안된다. 세상 사람에게 도움이 되는 인간이기 위해서는 육체적 건강을 유지하는 것이 필요하다는 것은 말할 것도 없으나, 그와 동시에 약간의 아픈 가려움 정도는 어느 정도 초월하는 것이 필요하며 이것이 건강 관리의 측면으로 볼 때 성년의 영역에 다다른 사람들의 태도이다. 간혹 뛰어난 사람이 병든 몸이거나 몸의 어딘가에 결점이 있거나 한 경우가 흔히 있다. 그들은 자기의 뛰어난 신체 부분의 기능을 잘 활동시킴으로써 다른 결점을 보충하고, 또는 정신적 능력의 발전을 도모함으로써 육체적인 불완전을 극복하고 보상하는 것이다.

이러한 방법으로써 행운인지 불행인지 병든 몸으로 태어나거나 장애가 있음에도 불구하고 훌륭한 업적을 남기고 현명한 생활을 보낸 위인들의 이야기는 역사상 대단히 많다. 인간 사회의 진보는 가장 우수한 경기 선수나 미인대회의 미인상의 퇴적 위에 다져지는 것이 아니라 오히려 육체적 장애에도 불구하고 힘써 사회에 헌신하고 봉사하는 것을 게을리하지 않는 사람들의 노력 위에 다져진 것이다.

청년과 체력에 대하여 현재 일반에 행해지고 있는 과대 평가에 대하여 또 한 마디 하지 않을 수 없다. 봉건시대의 유물인 영웅 숭배의 사상이 기계 문명의 오늘날 개인주의 사상을 낳았다. 이 영웅 숭배 사상이라든지 미인대회의 우승자가 육체미라든지 체력에 대하여 과대 평가를 부추겼던 것이다. 물론 나라고 할지라도 건강한 육체를 만들어 내기 위하여 어린 아이들의 교육에 운동경기를 장려하는 것이다.

"건전한 정신은 건전한 육체에 머무른다"고 하는 그리스의 속담은 확실히 어느 정도의 진리를 품고 있다. 그것은 또 바람직한 이상理想이다. 다만, 건전한 육체가 항상 건전한 정신의 보증이라고는 반드시 말할 수 없는 것이다. 어느 정신병원에 가 보아도 거의 완전한 육체이면서도 정신의 어딘가에 결점이 있는 환자는 반드시 있다. 그와 동시에 현대 최고의 정신의 소유자가 거의 불구, 폐질과 같은 사람들인 경우도 적지 않다. 건전한 정신과 건전한 육체를 아울러 가지는 것은 단지 그리스 국민의 이상으로서 실제로는 아주 드물다.

"정신의 건전성과 육체의 완전함 중에 어느 것을 선택할 것인가"라고 한다면, 현대에는 정신의 건강에 보다 높은 가치를 인정하지 않을 수 없다. 불건강한 육체와 건강한 정신을 갖춘 사람은 인생에 목적을 둔 성공을 획득하는 것이 가능하지만 건전한 육체와 불건강한 정신을 가진 사람은 오늘날의 치열한 경쟁 사회에서 노력하지 않으면 완전히 실패할 수도 있다. 따라서 건강에 대한 나의 모토는 다음과 같다.

1. 평소에 될 수 있는 한, 건강을 관리하고 유지하라.

2. 육체의 건강을 위해서는 모든 의사를 찾아라.

3. 만일 태어날 때부터 또는 체질상 병든 몸일지라도 성공의 방해가 된다고는 결코 생각지 말라.

노년의 체력이 청년기의 혈기 왕성한 체력에 미치지 못하는 것과 마찬가지로 청년은 사려 분별에 있어서는 풍부한 경험을 지닌 노인에 훨씬 미치지 못한다. 이 사실은 충분히 완미해야 한다. 나이가 들어감에 따라 때때로 자신의 체력을 관리하고 살피는 것은 확실히 현명한 방법이다. 청년 시절에 무모하게 체력을 낭비해서는 안된다. 아울러 육체적 건강 그 자체는 결코 인생의 궁극적 목적이 아니라 일상 생활을 완성해 나가는 하나의 수단에 지나지 않는다는 것을 마음 속 깊이 명심하라.

7

의상 철학

　이제 성공하는 인생의 수레바퀴에서 최소한 가장 중요한 부분의 조립을 마쳤다. 인생의 수레바퀴 그림을 잘 살펴보고 네 개의 중요한 스포크, 즉 사회성, 일, 성, 여가의 문제의 각 스포크에 자기 자신에게 해당하는 발달 정도의 표를 체크한 여러분은 이미 세계 인류의 일원으로서의 지위를 이해할 수가 있게 된 것이다. 또한 교양, 건강, 종교, 객관성의 각 스포크에도 표를 체크한다면 여러 덕목을 종합하여 이미 앞길에 인격 완성의 윤곽이 열릴 것이다. 그리고 림과 스포크가 접착하는 점을 길잡이로 하여 나아간다면, 인생의 성공자가 되기 위해서 어느 점에 최대의 노력을 집중할 것인가 하는 것이 한 눈에 알게 된다.

그럼 이제부터 성공하는 인생의 수레바퀴를 짜맞추고 있는 보조 스포크를 한 개씩 들어 검토해 보기로 한다. 먼저 첫째가 의상이다. 의상에 대해서는 우리의 흥미와 관심이 훨씬 고대에까지 거슬러 올라간다. 또 지금부터 2천 년 이후가 되어도 사람들은 이 문제에 대하여 논의를 계속할 것이다.

원래 의복은 더위와 추위를 막는 것이 유일한 목적이었다. 추울 때에는 곰의 모피를 어깨에 걸치고 더울 때에는 얇은 옷 하나를 몸에 두르는 의복의 원시적인 목적은 그 후 문명의 상황에 따라 점차 변화를 이루어 왔다. 따라서 의복은 그 본래의 원시 목적을 떠나 오늘날에는 중요한 사교의 도구가 되어가고 있다. 사회 생활의 스포크 가까이에 의상 스포크를 놓은 것은 바로 이 때문이다. 의복이라는 것은 흔히 입는 사람의 사회적 지위와 태도를 표시한다. 누더기를 입은 부랑인이나 걸인은 남에게 어떻게 보이든 조금도 상관없다. 만일 남이 보는 눈을 조금이라도 고려한다면 그것은 자신의 복장으로 남의 동정을 강요하기 위하여 일부러 누더기를 걸치는 정도일 것이다. 즉, 걸인은 걸인 나름으로 의복을 '반사회적' 도구로 사용하고 있는 것이다. 이와 반대로 세상의 이른바 멋쟁이들은 이웃에게 분수에 맞는 인상을 주는 것은 좋아하지 않는 것 같다. 그들은 주위 이웃의 시선을 끌기 위하여 필요 이상의 차림새로 꾸미거나 또는 지나치게 화려하거나 사치스러운 옷을 입는다. 이것을 심리학적 입장으로 보면 그들이 입는 좋은 옷은 마치 걸인이 입는 누더기와 마찬가지이다.

몇 천 년 전의 과거부터 '의상의 심리학'에 관한 꽤 많은 책이 쓰였다. 그 가운데에는 주목할 만한 진리도 적혀 있다. 예를 들면, 키케로는 이렇게 말하였다.

"우리는 늘 말쑥한 의상을 하고 있어야 한다. 너무 형식을 따지거나 혹은 너무 아름다운 것은 안된다. 단정치 못함을 피하기만 하면 충분하다." 이것은 확실히 당당한 견해이다. 미국의 유명한 작가 에머슨은 그의 논문 〈문학과 사회의 목적〉에서 단정한 의상의 중요성을 강조하여 다음과 같이 말하였다.

"단정한 의상은 그것을 입는 사람의 정신에 종교도 때로는 주기 어려운 고요하고 평온함을 가져다주는 것이다"라고 하였다. 벤저민 프랭클린은 『불쌍한 리처드의 역서Poor Richard's Almanack』에서 "식사는 그대 자신을 즐겁게 하는 것이고 의상은 타인을 즐겁게 하는 것이다"라고 말하였다. 또 유명한 체스터필드 경은 그의 문학에서 의상에 대한 완전한 태도를 요약하여 다음과 같이 말하였다. "같은 지위에 있는 같은 연배의 이성 있는 사람들과 같은 의상을 하도록 항상 세심한 주의를 기울여라. 의상에 대하여 다른 사람에게 수군거림을 들어서는 안된다. 너무 무시당하여도 안되지만 너무 주의를 이끌어서도 안된다"라고 하였다.

이상의 인용문은 모두 의상의 문제에 관한 심리학적 견해를 보여 주고 있다. 의복이라는 것은 입은 사람의 개성의 표현인 동시에 그 사람의 사회성의 표현 방식이기도 하다. 따라서 이 양방의 필요에 들어맞는 최선의 요소를 포함한 의상의 형식이 가장 바람직한 의상이라고 할 수 있다. 사람은 누구나 특히 여성은 자기의 개성이나 취미나 독특한 인격을 의상에다 나타내는 것이 보통이다. 빛깔의 선택, 재단의 방식, 옷감, 디자인의 취향 속에 자기 자신이 나타날 뿐만 아니라 타인에 대한 자신의 태도까지 나타난다. 그렇지만 심리학적 입장에서 보면, 사람과 개인적 가치의 기초를 그 사람이 입는 의복에만 두는 것은 당연히 중대한 착오라고 하지 않을 수 없다. 자기의 가치를 의복의 끝에만 나타내려고 하는 사람은 결코 성공하는 사람이 아니다. 기껏해야 좋은 옷걸이라고 생각한다.

인류 역사상 과거의 시대에는 남자나 여자나 살기 위한 기본 수단으로 옷을 입었다. 그런데 오늘날에는 불행하게도 대다수의 남녀는 입기 위해서 살고 있다. 의복의 일을 전혀 문제로 삼지 않는 사람, 또는 의복을 일생 최대의 문제로 생각하는 사람, 이런 사람들은 의복의 문제에 관한 한 그 발달의 정도가 유아의 선상에 머물러 있다고 해야 할 것이다. 우리의 의복은 이와 같이 중요한 사회적 의의를 가지고 있음에도 불구하고 단순히 개인의 부수물로서만 만들어지므로 심리학적 입장에서 의상을 개인주의의 문제와 관련시켜 취급하지 않으면 안된다. 의상이 사회적으로 얼마나 중요한가를 깨닫지 못하고 오직 나체를 싸기 위한 것으로밖에 옷에 대하여 아무런 주의도 기울이지 않는 사람이나, 또 자기의 의상이 타인의 감정이나 감각에 어떤 영향을 미칠 것인가에 개의치 않고 오로지 자기의 허영심을 채우기 위해서만 옷을 입는 사람은 유아의 선에 머무르기는 마찬가지이다.

청년기에 다다르면 옷에 대한 태도에 재미있는 변화가 나타난다. 청년은 보통 자기의 경우, 특히 권위에 대하여 반역을 시도하거나 이와 투쟁하는 것을 좋아하는 것이다. 자기에 대하여 확신이 없고 따라서 자신의 정신적 불안정이 스스로를 몰아 눈에 띄기 쉬운 행위를 해서라도 허세를 보이고 싶어 하게 하는 것이다. 우리는 흔히 막 청년에 다다른 사람이 이웃의 주의를 이끌기 위하여, 또는 단순한 청년의 허세를 부리기 위하여 극단적으로 눈에 띄기 쉬운 복장을 하고 있는 자신만만한 광경을 보는 일이 있다. 이것은 남의 시선을 무리하게도 이

끌어내려고 당치도 않은 훌륭한 의상을 하고 있는 젊은이에게 흔히 있는 일이다. 그들은 마치 남에게 무시당하는 것이 죽을 지경으로 두려워서 바로 "이봐, 여기 내가 있다. 보아 줘" 하고 절규하고 있는 모습이다. 또 청년기의 어떤 사람은 의상을 가지고 자기의 힘을 과시하기 위한 수단으로 삼고 있다. 그들은 이웃 사람들보다도 더 값비싼, 더 유행적인 의상을 하고 있는 것을 최고의 자랑으로 삼고 친구에게도 항상 자랑스럽게 과시하고 있다. 언제나 의복의 유행을 쫓고 파리의 최신형 프록코트를 걸쳐 입는 것을 인생 유일의 목적으로 삼고 있는 사람은 일생을 통하여 청년기 이상으로 발달할 수 없는 사람이라고 할 수 있다. 그들은 이 양복점에서 저 양복점으로 끊임없이 뛰어다니지 않으면 일 분간이라도 안심하지 못하고, 혹시 이웃이 자기보다도 더 새로운 모자, 더 최신형의 프록코트를 입고 나타나지나 않을까 하고 항상 불안하게 노심초사하여 겁먹고 있는 것이다.

일반 남성들도 이런 상태이므로 의상의 신기를 쫓는 습관은 젊은 여성과 부인들 사이에서는 한층 강한 것이 보통이다. 왜냐 하면, 여성들은 남성보다도 한 단계 약한 지위에 놓여 있기 때문에 외견상의 겉치레만이라도 뛰어난 것을 나타내기 위한 수단으로 선택하지 않을 수 없기 때문이다. 유행의 세계는 바로 이러한 노예도덕의 세계이다.

될 수 있는 대로 산뜻하고, 좋은 취미에 알맞은 의상을 하고 있으면 이웃에게 긍정의 사회적 영향을 줄 수가 있다고 하는 것을 충분히 이해하고 있는 사람은 거의 없다. 복장의 단정이라는 것에 적당한 정도의 인식을 가지고 시대의 유행에 따른 복장을 하고 있으면 의심할 여지없이 일상 접촉하는 사람에게 청신하고 유쾌한 감정을 줄 것이 틀림없다. 즉, 자신의 단정하고 적당한 정도의 감각이 주위의 다른 사람들에게까지 교류하여 교류가 자신뿐만 아니라 일상 접촉하는 사람들에게까지 이중으로 좋은 영향을 주는 것이다.

성년의 수준에 다다르면, 셰익스피어의 『햄릿』 가운데서 폴로니우스가 라에르테스에게 준 다음 충고대로 되는 것이다. 즉, "너의 그 의상을 사려면 너의 돈지갑으로는 너무 비쌀지도 모른다. 그렇지만 돈으로 살 수 없는 가치가 있는 것을 알아라."

자신의 사회적 위치 이하의 복장을 하는 것은 바로 겸양의 미덕을 잘못 안 것이며 신분 이상의 복장을 하는 것은 어린아이의 허영심이 나타남이다. 주위의 화제 거리가 될 만한 복장을 하는 것은 악취미이다. 때와 경우에 따라서 입는 사람에게 딱 들어맞아서 그다지 눈에 띄지 않는 것이 가장 잘 어울리는 의상의 차림새가 될 수가 있다.

이것과 관련하여 인간이 제복의 그늘에 숨고 싶어 하는 경향에 대하여 언급하려고 한다. 특히 영국에서는 양복을 입는 방식에 따라 이 남자는 할리 거리의 의사이거나 은행원 또는 육군의 장교라는 것을 알 수 있다고 한다. 이 경향은 봉건적인 청년기의 특징으로, 사람이 각자의 지위와 가치를 나타내는 데 오로지 복장에 의하고 있던 시대의 흔적이다. 많은 사람들이 제복의 그늘에 숨는다는 것은 서로 지위나 신분을 아는 데 있어서 일면으로는 시간 절약의 한 궁리라고도 할 수 있으나, 독창성이라든지 개성의 발휘를 위한 좋은 질서라고는 할 수 없고 또 사회적 감정의 좋은 질서도 아닐 것이다.

복장에 대한 태도가 최고의 발달을 이룬 사람에게는 의복의 문제는 예술이며 또 그러한 사람의 독창적인 노력에 의하여 인류의 공포나 인습이나 편견으로부터 해방되는 일이 있다. 처음으로 소프트컬러를 창출한 사람은 세상의 남성들에게 큰 은인이며 빅토리아 시대에 여성의 거북하고 불건전한 의복 대신에 근대의 경쾌하고 편안한 의복을 처음으로 안출한 사람은 세계의 온 여성에게 존경의 대상이다.

각 사람의 복장은 우주에 대한 본연적 관계의 표현이며 또 세상 사람들에 대한 관계의 표현이기도 하다. 이 원리를 확실하게 알지 못하면 생활의 성공은 얻기 어려우며, 이 사실은 남성보다도 여성에게 한층 필요하다. 왜냐하면 남성은 자주 일정한 제복을 입는 관습이 있다. 그렇지만 남성이라 할지라도 그들의 의복을 새로이 창안하거나 어떤 빛깔 한 점을 여기에 놓고 보석 한 조각을 현명하게 장식하는 등 적당한 창의성을 발휘하면 인생에 풍미를 더하여 생활에 신선한 향기를 줄 수가 있을 것이다.

8

정치적 의견

사회 생활의 4분의 1을 차지하는 것이 바로 정치의 문제이다. 정치란 즉 사회적 행위의 조직된 형태이다. 또 정당이란 이웃에 대하여 어떤 행위를 하기 위한 전통적인 표현 방법이다.

여러분이 보수당원이라면 인간의 기회와 권력의 분배의 문제에 관한 한, 부의 분배, 개인주의, 최강자의 권력, 현상 유지 등을 믿을 것이다. 만일 자유당에 속한다면 인간은 능력껏 개인 발달의 기회를 가져야 하며 각 개인의 의견 차이는 바람직하게 허용되어야 하는 것이며, 요컨대 개인의 발달은 자연발생적인 개인의 의지에 따르는 이외에 아무런 제한도 있을 수 없다고 믿을 것이다. 또 만일 사회주의나 공산주의의 정당에 속한다면 현재의 모든 질서는 사악하고도 부정하며 하층계급의 사람들은 지배자로부터 권력을 강탈해야 한다고 믿을 것이다.

정치학의 이론을 설명하는 것은 나의 고유 영역이 아니다. 그렇지만 개인의 권리, 개인의 발달에 관한 나의 주장을 주의 깊게 읽은 독자들은 어딘지 모르게 자유당에 가까운 위치에 서 있다는 것을 짐작할 것이다. 그러나 생활의 성공이라는 입장에서 보면, 어떤 정당을 고르는가 좌익에 속하는가 우익에 속하는가 또는 중간당에 속하는가 등이 중요한 문제라기보다는 자신의 의견이 더 중요하다.

유아에게는 정치 사상이나 정치적 지위도 없다. 이들은 어떤 정당의 멤버도 아니기에 자신만의 필요를 채우는 것 외에는 아무런 관심사도 없다. 그러므로 성년이 되었으면서도 자신이 어떤 정당에 속해야 하는가를 알지 못하는 사람이나 고심의 결과 획득한 개인의 권리 행사를 알지 못하는 사람은 심리학적으로 유아라고 해도 좋다. 간혹 "우리는 정치에 관계가 없다"고 스스로 공언하고 있는 사람들이 있다. 정치는 모든 사람들에게 관련이 있으며, 만일 분명히 정치에 관계가 없다고 하는 사람이 있다면 그는 사상의 독립, 의견 발표의 자유를 가지는 것을 원치 않는 사람일 것이다. 적어도 정치 운동에 관한 책을 읽거나 연구, 담론하는 것에 아무런 흥미도 느끼지 못한다는 것은 그 사람의 사회적 무책임, 정신적 발육부전, 즉 심리학적 소아병이라는 증거이다. 난폭한 이야기처럼 들릴지 모르겠지만 이 사실은 남녀 모두에게 통용되는 것이다.

성년에 이른 모든 남녀는 공동 사회에 살고 있는 것이며 공동 사회의 정치는 사회를 구성하고 있는 각 사람의 직접적인 공동 책임이다. "정치는 타인이 해 준다"고 하는 태도는 바로 유아적인 태도에 불과하다. 이러한 정치적 허무주의는 과거의 유혈 투쟁에 의한 정치적 자유의 확립이 달성되어 있지 않은 나라들에게 많았고, 생활의 완성과는 매우 인연이 먼 것이다.

남자든 여자든 개인은 다수의 사람들이 조직된 단체에 충실의 뜻을 표시하지 않으면 안된다. 그리고 다수 사람들의 단체는 나름대로 대변할 정치적 의견을 가져야 한다. 그렇다고 하더라도, 여기서 당장에 존재하는 정치적 의견이 다른 정치적 의견에 비하여 낮다는 것으로 말하는 것은 아니다. 역사만이 바르게 그 판단을 내릴 수 있으므로 나는 예언자처럼 되고자 하는 것이 아니다. 다음의 사실만은 확신을 가지고 말할 수가 있다. 그것은 사람들의 의지에 어긋난 정치 운동이 일어나 개인 사상의 자유, 행위의 자유, 감정의 자유를 빼앗아 간 때에, 잃어버린 정치의 자유에 대하여 큰 소리로 우는 것은 지금까지 정치적 발육부전으로 "정치는 타인이 해 준다"고 생각하고 있던 사람이라는 것이다.

정치에 대한 청년기의 태도에는 독특한 것이 있다. 청년은 정치의 문제를 논함에 있어 이성적으로 접근하려고 하기보다는 선입관념적 편견을 가지고 대한다. 그들은 전혀 무비판적으로 아버지가 A정당에 속해 있었다는 것만으로 A정당에 속하기도 하고 할아버지가 B당원이었다는 이유에서 B당원이 되기도 하고 C당에는 아름다운 여성이 많이 속해 있다는 이유로 C정당을 지지하기도 한다. 말을 바꾸어 말하면, 그들이 어느 정당에 속하거나 지지하는 것은 그 정당에 무엇인가의 기여를 하기 위해서가 아니라 직접적으로 관련된 개인적인 자신의 편의주의 때문이거나 혹은 복장에 의해 자기를 진짜 모습 이상으로 표현하고 싶어 하는 것과 마찬가지로 어느 정당에 속함으로써 이른바 여우가 호랑이의 위세를 빌리듯 하려는 마음이 앞선 것이다.

보통 일반 사람은 정치 본래의 넓은 사회적인 의미가 아니라도 적어도 자신이 관계하는 좁은 범위의 지역 사회의 정치에 참가한다는 직접적인 의미로 정치라는 것을 간주하고 있다. 세계에서 영국의 정치 사상은 대단히 잘 발달하여 정치적 견지에서 보면, 세계에서 가장 발달한 국민일 것이다. 일반적으로 영국인은 미국인이나 독일인보다도 훨씬 자신의 정부를 잘 이해하고 있다. 이는 정치역사상의 청년기가 100년 이전을 지나서, 과거의 풍부한 의회정치의 경험을 유산으로 물려받았기 때문이다.

정치 사상에 있어서 청년기에 이른 사람은 항상 세계의 진보에 대하여 개인적으로 노력하는 것을 아까워하지 않고, 사회 또는 국가 문제의 개선과 국제 문제의 개선은 같은 뜻의 다른 말이라고 생각하고 있다.

한 사람의 행복이 만인의 행복이 되고 만인의 불행이 한 사람의 불행과 서로 관련되어 있는 것을 이해하고 있는 사람, 그리고 인간의 관용과 협동 정신을 정치철학의 근본으로 삼고 있는 사람이야말로 참으로 사회 생활의 성공자이다. 이러한 사람은 현대의 정정政情을 책으로 읽기도 하고 서재에서 공부하기도 할 뿐만 아니라 인류 공동의 복지 증진을 위해서는 스스로 적극적으로 한 몫 맡고 나선다. 따라서 정치적 확신을 위해서는 조금도 자기의 이해를 돌아보지 않는다. 이와 같이 완전한 인격자는 그의 성공의 일생을 통하여 획득한 다른 모든 사회적 미덕을 자기의 정치 사상에 솜씨 좋게 짜넣는다. 정치 분야가 완성된 사람에게는 인생 수레바퀴 가운데 사회 생활 부분의 스포크는 모두 똑같이 잘 발달해 있는 것이 보통이다. 이와 같은 사람은 친해지기 쉽고 협동적이며 적당한 정도로 복장을 하고 상대방에게 공손한 말을 하며 지나치지 않은 사교적인 댄스를 하고, 인류의 사상과 역사를 잘 이해하며 인간의 지식 발달에 대단한 흥미와 관심을 가지고 있다. 깔끔하지 못한 양복을 걸쳐 입고 더러워진 셔츠를 내비치고 있는 사람은 정치적으로 성공자라고는 인정할 수가 없다. 인간의 개인적인 가치에 따라서 정치적 완성, 사회적 완성의 기초가 되는 것이다. 만약에 여러분 속에 결점이나 단점이 있다면 마음 속에는 적어도 침략, 증오, 속 좁음이 깃들이고 있을 것이다. 또한 각자 가운데 높이 평가할 만한 무엇인가 있다면 그 마음에는 적어도 관용, 협동 정신, 사회적 이상이 가득 차 있을 것이다.

9

사회 봉사

정치의 문제, 그룹이나 단체의 문제와 매우 밀접한 관계를 가지고 있는 것으로 사회 봉사가 있다. 여러분이 일상 보고 들어 아는 바와 같이 사회 봉사는 그 범위가 매우 넓고 또 해야 할 여지도 대단히 넓다. 우리가 다른 사회적인 문제 가운데서 이미 논한 바와 같이 어린아이는 당연히 아무런 사회 봉사도 하지 않는다. 유아는 어른의 세계로부터 애정과 존경과 보호를 받고 그것을 마치 가지고 태어난 특권인 것처럼 생각하고 별로 의심하지 않는다.

어린 시절에 낙관적으로 자랐기 때문에 어른이 되어서도 자기 생활의 성가신 일들은 세상이 돌보아 주어야 하는 것이고 자신은 은 접시에 담아 공손히 내미는 식탁에 차려 놓은 음식을 먹어야 하는 것이라고 믿고 있는 사람이 많다. 이런 태도는 발달 정도가 유아의 선에 머물러 있는 사람의 대표적인 태도이다.

일상 생활의 문제는 세상이 어떻게든 해 주고 자기가 해야 할 일은 결혼하기 위하여 예쁘게 몹시 멋을 부리는 것이라고 생각하고, 그 이상으로 아무런 일도 하지 않는 남녀에게 인생의 성공은 전혀 인연이 먼 것이다. 인생의 문제가 그렇게 간단히 해결되는 것은 동화의 세계뿐이다. 실제 사회에서는 삶의 문제가 보통 사람이 생각하고 있는 것보다 훨씬 어렵다. 인생에 최대의 봉사를 하는 사람들에게도 인생은 때로 잔혹하기까지 하므로, 더구나 아무런 헌신이나 봉사도 하지 않는 사람에게 인생이 친절한 일은 아마도 절대로 없다는 것만큼은 확실하다.

사회 봉사와 관련한 정신의 발달 정도가 아직 청년의 시대에 있는 사람은 사회에 대하여 어느 정도의 관심은 가지지만 그 관심이라는 것이 세상의 비판을 받지 않기 위하여, 세상 사람의 악평을 받지 않기 위한 범위에 있다. 즉, 세상의 존경을 사고 싶은 만큼만 자선가의 간판을 내걸고 있는 사람이 많다. 이런 종류의 사람은 그 심리 상태가 청년기의 대표적인 모습이다. 보통 사람은 친구가 잘하고 있는 것을 보고 조금 흥미를 느끼고, 때때로 사회의 문제에도 흥미와 관심을 가진다.

대단히 여러 가지 잡다한 개인적인 이해 관계가 서로 뒤섞이어 엇갈리는 오늘날의 세계에는, 사회 봉사에 대한 무척 단호한 결의를 하지 않으면 인생의 완성은 의심스럽다. 부자는 가난한 사람들을 돕지 않으면 안된다. 신체적으로 눈이 보이는 사람은 눈이 보이지 않는 사람을 돕고 강한 사람은 약한 사람을 도우며, 직업이 있는 사람은 일할 의지가 있음에도 불구하고 실업의 괴로움을 당하고 있는 사람들의 생활을 떠받치지 않으면 안된다. 역사상 일찍이 오늘날만큼 사회 봉사의 기회가 좋은 시대는 없었다. 어떤 개인에게 오늘이 따분하다거나 인생에 흥미가 없다거나 하는 것은 그 사람의 사회 의식 발달의 정도가 유아의 선상에 머물러 있는 증거이다. 만약 여러분이 따분하게 생각된다면 그것은 개인이 인생을 충분히 이해하고 있지 않음을 의미한다. 다시 말해 인생에 흥미와 관심을 가지고 있지 않다는 것은 인생에 대한 투자액이 너무 적어서 아직 배당금을 받을 수 없다는 것이다.

봉사에 관한 인격이 가장 원만하게 발달한 사람은 자기가 사는 사회에 조금이라도 봉사하는 것에 커다란 행복을 발견한다. 여러분 가운데 사회 봉사를 할 기회가 없다고 하는 이들이 있을지도 모른다. 이러한 심리 상태의 사회 봉사는 이웃에 대한 진정한 봉사가 아니라 이웃에 대하여 자기 자신의 인상을 강하게 심어 주는 수단에 불과하다. 야심가는 종종 다소라도 영웅적인 것이 아니면 성취할 수가 없는 것이다. 사회 봉사는 결코 영웅적인 사업일 필요는 없다. 뛰어난 사람이나 인격이 완성된 사람은 때로는 영웅적인 방법으로 사회에 봉사하는 기회도 있으나, 우리는 모두 그날그날의 생활 속에 이웃에게 봉사하는 기회를 얼마든지 가지고 있다.

실제적인 예를 들어보자. 사려가 부족한 사람들은 늘 길거리에 침을 함부로 뱉고 있는데 그것은 그들의 사회적, 위생적 관념이 발달해 있지 않기 때문에, 무분별하게도 길거리에 침을 뱉는 것이 그 거리를 보기 흉하게 불건강하게 한다는 것을 깨닫지 못하기 때문이다. 지금 만일 모든 남녀가 거리의 환경 미화원의 역할을 떠맡아, 사려 없는 사람들이 마구 뱉은 침이나 휴지를 주워 담는다면 거리는 곧바로 미화될 것이다. 더 나아가 또 그가 가족이나 동료 되는 사람에게 위생의 단속 법규를 하나라도 가르쳐 준다면 보다 더 선행을 계속 행한 것이 된다. 만약에 사려가 없는 사람이 도시 거리에 휴지를 버리고 있는 것을 보았다면, 그를 꾸짖는 대신에 무분별하게 버려진 휴지를 주워 사회 봉사의 실제적인 예를 그에게 가르쳐 주는 것이 좋다.

또 하나의 예를 들어 보자. 현대 도시에 자동차의 경적은 시민의 신경을 교란시키는 데에 가장 심하다. 만일 거리의 운전자 한 사람 한 사람이 질주하는 경우에 한층 주의를 가지고 머리를 써서 적게 경적을 울리면 시민 생활에 훨씬 평화로운 잠을 가져올 수 있을 것이다. 각 사람이 이처럼 또 사회 봉사의 위원의 역할을 맡을 수가 있는 것이다.

실제 예로, 우리는 모두 많은 책과 잡지를 구입하여 다 읽고 나서는 무분별하게도 그냥 버리고 만다. 또 때로는 창고나 다락방에 티끌과 먼지에 묻힌 채로 방치하여 두는 일도 있다. 모든 신문이나 잡지와 책은 각기 고유의 사회적 가치를 가지고 있다. 양육원이나 멀리 떨어진 시골이나 교도소 등에는 이러한 책이나 잡지를 생활의 즐거움으로 가지고 싶어 하는 많은 사람이 있다. 지금 당장 서재로 달려가서, 자신은 읽고 싶지 않지만 누군가 다른 사람에게는 유익하고 흥미 있을 것으로 생각되는 책이나 잡지를 선별하여 어딘가의 따뜻한 나눔의 손길이 필요한 양육원이나 교도소에 책을 원하는 사람에게 보내 주면 어떨까?

자신의 어딘가에 불필요한 여분의 물질을 소장하고 있으면서도 단순히 생각이 나지 않았다는 것만으로 그것을 동료에게 나누어 주지 않는 사람이 많이 있다. 단순히 이웃의 무관심과 자기의 가난 때문에, 이 세상에 향락하도록 존재하는 것도 향락하지 못하고, 항상 오락이나 위안에 굶주려 있는 바다 위의 선원, 벽지에서 근무하고 있는 병사, 가난한 학생, 또는 임금이 적은 노동자 등이 주위에 실로 수없이 많다. 사회 봉사의 막대한 부분이 물자나 시간이나 노력들을 필요로 하는 사람에게 나누어 준다는 것 속에서 발견된다. 보통 일상의 생활에서 충분히 즐길 수 없는 사람에게 즐길 만한 시간과 물질과 노력을 나누어 준 사람이 느끼는 참다운 감사의 마음, 참으로 고맙다고 생각하는 마음만큼 사람의 마음속으로부터의 만족감을 주는 것을 나는 달리 그 유례를 알지 못한다.

사람은 누구나 그 능력과 기회에 따라 사회에 봉사하지 않으면 안된다. 전적인 자신의 봉사로 더구나 성공했다고 하는 사람은 아직 일찍이 그 예를 보지 못했다. 만일 의사라면 환자에게 봉사하는 것이 좋고 변호사라면 변호인 없는 피고를 위해서 법정에 서는 것이 옳을 것이다. 그렇지만 사회 봉사를 잘 행하기 위해서 전문적인 사회사업가나 선생이 될 필요도 없고 또 부자나 상위 계층일 필요도 없다. 다리가 아픈 어린아이를 도와 차에 태워 주거나 병원에서 앓고 있는 사람에게 친절한 인사를 해 주는 것도 좋으며, 한동안 격조하였던 친구에게 때

때로 전화로 연락하는 것도 좋다. 혹시나 이러한 것을 한 적이 없다면 경험 삼아 해 본다면 얼마나 그것이 자명한 이치인가를 곧바로 이해하게 될 것이다.

만약에 당신이 지금까지 이웃의 일 따위는 생각한 일조차 없다고 한다면, 일과표 같은 것이라도 만들어 날짜 밑에 여백을 남겨 두고 그 날에 한 이웃에 대한 친절한 행위, 사려 깊은 행위, 또는 여러 가지 형식의 사회 봉사를 하나하나 적어 보길 바란다. 이런 식으로 해서 몇 주일 동안 계속해 가면 인생은 지금보다도 한층 더 충실하고 흥미 있는 것이 되어, "오늘도 또 무엇인가 선행을 해야 한다"는 식으로 말할 필요도 없어질 것이다. 마침내 이러한 인생 철학이 인간의 행복에 막대한 보수를 가져다줌으로 인하여 새삼스럽게 사회 봉사를 해야 하는 것을 생각할 필요도 없게 된다. 즉, 사회에 봉사하는 것이 마치 평소에 공기를 호흡하는 것과 마찬가지로 자연스러운 일이 되는 것이다.

4장

육체적 발달

"나의 일은 나에게 유쾌한 자기 만족을 주고 동시에 이웃의 복지에 작은 공헌을 한다.
이 세상에서 존재 가치는 일하는 데 있으므로 만일 일하지 않으면
나는 전혀 가치 없는 것과 같다. 내가 일하는 것은 최대의 자기 만족과
사회에 대한 최대의 유용성을 동시에 얻기 위해서이다."

세상에 한 사람으로 줄어들고
한 사람이 신으로까지 확장된다면
그것은 사랑이다.

— 빅토르 위고

10

직업의 가치

인생 수레바퀴 가운데 일의 부분에 대하여 조금 더 생각하여 보자. 앞에서 말한 바와 같이, 인간의 가치는 세상에 대한 기여의 정도에 따라서 측정되는 것이다. 그리고 그 기여가 보통 '일'이라고 불린다. 그런데 완전히 만족하면서 자신의 일에 종사하는 사람은 아주 적거나 극소수이다. 인생의 수레바퀴에는 이런 사람을 위해서 여가의 부분이 있고 그 부분의 생활 속에서 그들은 진짜 의의를 발견하는 것이다. 일은 대다수의 사람에게는 생활상 필요한 일이다.

일은 대다수의 사람에게 즐거움의 원천이기도 하다. 직업에 대한 철학적 태도 가운데서 직업 생활을 완성으로 이끄는 주요 요소의 하나를 발견할 수가 있다. 말할 것도 없이 세상의 거의 모든 사람은 각각의 직업을 가지고 있다. 어떤 사람은 마음이 내키지 않는 하기 싫은 일에 마치 노예와 같은 기분으로 종사하고 있다. 또 어떤 사람은 자기의 일에 완전히 만족하여 콧노래를 섞어 가며 일하고 있다. 인생의 성공자는 주어진 자기의 직업을 개인적 발전의 수단인 동시에 사회에 대한 봉사의 수단이라고 생각하고 있다.

그런데, 대다수의 사람은 자신의 일을 좋은 일이 아니라거나 잘못된 직업이 주어졌다거나 하는 식으로 언제나 불평을 늘어놓고 있다. 그렇지만 푸념을 늘어놓으면 놓을수록 잘못된 것은 푸념을 늘어놓는 자신일 뿐, 결코 일 그 자체가 아님을 알아야 한다.

일을 재미없는 어려운 일이라고 생각하고 있는 대다수의 사람은 일에 대한 심리학적 태도가 아직 충분히 발달해 있지 않은 사람일 것이다. 이런 종류의 심리적으로 미발달한 사람은 일을 저주스러운 것, 혐오스러운 것, 무리하게 강요된 강제적 의무라고 보고 있다. 이들은 어린아이 시절에 응석받이로 자라났기 때문에 주어진 일을 해야 한다는 사실에 당면하여 화가 나서 견딜 수가 없는 것이다. 심리학적으로 보면 그들은 떠받들고 환호하는 아첨에 둘러싸인 왕자나 공주와 같은 생활에 길들여져 있는 것이다. '일하지 않는 자는 먹지 말라'는 사실은 자칫하면 될 수 있는 대로 적게 일하고 될 수 있는 대로 많이 생활하고 싶다는 욕망을 그들에게 일어나게 한다.

물론 유아는 일을 하지 않고 자기가 이 세상에 태어났다는 사실이 생존을 위한 충분한 이유라고 생각하고 있다. 직업 또는 일하는 것에 대한 청년기의 태도—불행하게도 대다수 직장인의 태도이기도 하다—는 일하고 싶어서 일하는 것이 아니고 일하지 않으면 안되니까 일한다는 것이다. 정말 과거에는 노동자가 그들의 고용주인 일부 권력계급의 사적인 용도의 목적에 이용되고 있었던 것은 확실히 사실이다. 인간 노동의 사용자私用者인 고용주는 노동자를 종교적 의무라는 이름으로 사적으로 쓰고, 노동을 혐오하는 것은 신에 대한 죄악을 범하는 것이라고 철저히 가르칠 만한 간사한 꾀를 가지고 있었다.

오늘날에는 다행히도 이런 식의 노동 착취는 이미 자취가 사라지고 정신적 건강 상태의 유지를 위한 직업의 중요성이 점차 인식되게 되었다. 직업의 문제가 이렇게도 중요한 것이기 때문에 미국을 비롯하여 실업 문제를 고민하고 있는 선진국에서는 국민에게 일하지 않아도 급여를 받을 수 있다고 믿게 하여, 개인의 가치에 대한 자존심을 빼앗는 일이 없도록 정부는 현명하게도 스스로 사업을 하고 있는 것이다. 그래도 역시 청년기에 속하는 사람은 일하지 않으면 안되므로, 직장 내에 부서의 팀장이 감시하기 때문에 일하는 것이라고 믿고, 해당 일을 싫어하거나 될 수 있는 대로 적게 일하기를 바라고, 일해서 얻은 것은 곧바로 향락에 써 버리며, 일을 하는 유일한 이유는 될 수 있는 대로 많이 풍요롭게 누리고 향락하기 위해서라고 생각하고 있다.

물론 나로서도 휴양과 오락이 좋은 생활의 중요한 일부분이라는 것에는 찬성하지만, 그러나 '쾌락이 인생의 최종 목적이며 노동은 쾌락을 따라잡는 수단에 불과하다'는 식의 사고방식은 찬성할 수 없다. 보통 사람은 그와 가족의 생활을 지탱하기 위하여 일하고, 일하는 의미를 가정 생활의 발전 가운데서 찾아내려고 한다. 우리는 일한다. 그러나 일하는 것이야말로 특별히 이타적인 동기에 의하는 것은 결코 아니다.

원숙한 발달의 경지에 다다른 사람, 또는 특별히 뛰어난 사람은 일하는 가운데 이중의 만족을 느끼는 것이다. 따라서 이러한 사람은 일하지 않아도 충분히 살아갈 만한 돈을 가지고 있어도 역시 일하는 것이다. 그들의 노동 철학은 대략 다음과 같다.

"나의 일은 나에게 유쾌한 자기 만족을 주고 동시에 이웃의 복지에 작은 공헌을 한다. 이 세상에서 존재 가치는 일하는 데 있으므로 만일 일하지 않으면 나는 전혀 가치 없는 것과 같다. 내가 일하는 것은 최대의 자기 만족과 사회에 대한 최대의 유용성을 동시에 얻기 위해서이다."

성공자가 되려면 먼저 이 철학적 태도를 자기의 것으로 하지 않으면 안된다. 묘혈의 돌을 깎고 있는 사람이나 통조림의 통에 별로 중요치 않은 상표를 붙이고 있는 사람에게 "여러분은 자신의 일이 사회의 복지에 얼마나 중요하다고 생각합니까?" 라고 물어 보아라. 그들을 대신한 대답은 이렇다.

"어떤 일이든지 누군가가 그것에 대하여 상당한 가치를 인정하고 보수를 지불하는 이상, 그 일은 반드시 사회적 가치를 가지고 있는 것이다."

비교해 보면 사회에는 대단히 중요한 일과 별로 중요치 않은 일이 있다. 때로는 주위의 사정에 방해받아 자기가 좋아하는 직업에 종사하지 못하는 경우가 있다. 그렇지만 성공하려고 생각하는 이상, 자기가 좋아하는 다음 직업을 위한 준비와 연구를 방해하는 것은 아무것도 없을 것이다. 만일 현재의 직업에 만족할 수가 없다고 생각하면 설령 그것보다 보수는 적더라도 보다 커다란 만족을 줄 것이라고 생각되는, 또 보다 커다란 사회적 가치가 있다고 생각되는 다음 직업을 선택하면 된다. 어떤 일이든지 보수가 있는 이상은 무엇인가의 사회적 가치가 있는 것은 사실이지만, 보수의 액수가 반드시 그 일의 사회적 가치를 측정하는 척도가 된다고는 할 수 없다. 어떤 발명을 위해서 여러 해 고심하고 노력하였는데도 보답받는 것은 아무것도 없었던 사람이 많지만, 그런데도 역시 그들의 사회적 가치는 막대한 것이다. 한 예로 들면, 교단에 서서 아동들에게 읽기, 쓰기의 초보를 가르치는 일에 오랫동안 노력을 바치고도 비록 가난하게 살아가고 있는 사람이라도 사회에 기여한 교육의 가치는 참으로 헤아릴 수 없는 것이다.

인간에게는 어느 정도의 타당성이 없어서는 안된다. 금전 재물을 얻는다는 이기적인 방면에서 성공하려고 생각하면, 될 수 있는 대로 빨리 그 금전을 얻기 위하여 자주 불유쾌하기 짝이 없는, 사회적으로 무가치한 일도 해야 할 것이다. 이리하여 생각한 대로의 금전을 얻었다고 하더라도 그 다음에 오는 것은 해결할 수 없는 인생의 어려운 문제로서, 결국 그것은 참다운 성공이 아니라 도리어 마음을 괴롭히는 원인이 되어 자기에게로 되돌아온다.

인명을 구하는 의사는 환자를 진료하고 약간의 보수밖에 받지 못해도 인명 구조의 만족감을 보수의 일부라고 생각하지 않으면 안된다. 현대 사회에서는 가장 사회적으로 유용한 일을 하고 있는 사람이 일부 사람의 사사로운 이익을 위해서 이용당하고 있는 일이 때때로 있다. 예를 들어 대기업에 고용되어 있는 화학연구자가 훌륭한 연구의 보수로서 주급 20달러를 지급받고 고용주인 회사는 그 연구로 인하여 1년간에 20만 달러의 막대한 이익을 올리고 있는 상황이다. 오늘날 이러한 부당이득이 자주 행해지고 있는 것은 유감스럽지만 현실이다. 그렇지만 이것은 간단한 말로는 해결할 수 없다. 나는 각 사람의 보수는 그 노동의 양에 의하여 지불되어야 한다고 생각한다. 아동의 교육이라든지 병자의 치료라든지, 인생에 더 한층의 행복과 충실감을 주기 위한 사회교육 분야의 직업에 종사하고 있는 사람은 좀 더 많은 대우와 정당한 보수를 받아야 한다고 믿고 있으며, 그리고 또 자본주의에 의한 인간 착취의 기회가 절멸하기를 바라고 있지만, 오늘날에도 앞길이 아직 멀기만 하다.

이러한 이상의 실현에 노력하고 있는 우리는 우리의 일과 그 일에 대한 철학적 태도가 그 자체 우리의 위안이라는 것을 이해함으로써 만족하지 않으면 안된다. 아동에게 음악 감상의 능력을 줌으로써 얻어진 한 조각의 빵, 발명을 위해 바친 오랫동안의 고심과 노력 끝에 약간의 보수로 빌리게 된 아파트의 좁은 방 한 칸, 이것들은 이웃을 착취하여 쾌락과 성공을 산 사람들의 호사스러운 저택이나 훌륭한 요트보다도, 그것을 얻는 사람에게 훨씬 값지고 만족할 만한 것이다.

직업은 될 수 있으면 자기에게 만족을 주고 사회에도 기여하는 바가 많은 직업을 선택하여야 한다. 만일 이런 직업을 얻을 수 없다면 자기의 생활을 유지하기 위해서 근무가 가능한 직업에 종사하고, 그 직업에 될 수 있는 한 훌륭히 종사하며, 다음의 보다 좋은 일, 보다 많은 만족을 가져다줄 만한 일을 위해서 연구 노력을 게을리하지 않기 바란다. 마지막으로 어떤 취미에 여가를 활용하여 현재의 직업이 가져다주지 못하는 정신적 만족을 찾도록 하는 것이 중요하다.

11
기술과 숙련

개인의 이익보다는 회사의 이익과 발전을 위해 창의적이고 효율적인 업무 수행을 위한 직업 생활에 필요한 두 가지 스포크, 즉 기술과 숙련을 주제로 다루려고 한다. 이 두 가지 문제를 동시에 논하는 것은 서로 밀접한 떨어질 수 없는 관계가 있기 때문이다.

예를 들어 유년기부터 살펴보도록 하자. 갓난아기는 아무것도 알지 못하고 아무 일도 하지 않고 전적으로 어른의 세계에 의존하고 있다. 어느 한 성인이 직업 연령에 이르렀으면서도 아직도 갓난아기와 같은 기분으로, 세상 일에 대해서는 전혀 무력하여 독립적인 자영의 능력이 전혀 없는 사람이 있다.

이런 사람은 전적으로 갓난아기 상태이므로 누군가가 돌보아 주지 않으면 안된다. 즉 가족이나 친척 또는 친구가 끊임없이 돌보아 줄 책임을 지고 있는 셈이다. 이런 사람은 아무리 간단한 일이라도 스스로 무엇을 제대로 하나 할 수가 없다. 극단적으로 말하면 한 장소에서 다른 장소로 움직이는 것도, 병이 나서 의사를 부르는 것도, 세 끼의 식사부터 신변의 일도 혼자서는 전혀 당황하게 되어서 어떻게도 할 수 없는 것이다. 그들은 대체적으로 독립 자영의 기술과 숙련도 전혀 가지고 있지 않은 경우가 많다.

이런 사람들을 볼 때마다 중국 역사상에 나타나는, 한 자나 되는 긴 손톱을 손가락에 기르고, 그것으로 자기는 아무것도 하지 않고 지내며 자만하고 있던 옛날의 중국 사람이 생각난다. 오늘날에도 한 자의 손톱은 가지고 있지 않지만 이런 종류의 중국 사람과 같은 심리를 가진 사람을 우리의 주변에서 이따금씩 볼 수가 있다.

한 걸음 나아가 청년기에 도달한 사람은 어떤 사람들이 다양한 기술을 가지고 여러 사람이 각자가 다른 직업에 숙련되어 있다는 것은 알지만, 그 기술과 숙련을 가지고 자기를 곤란한 문제로부터 도와주기만을 팔짱을 끼고 기다리고 있다. 보통 사람은 일생 동안에 혹은 일상생활의 필요에 쫓기어, 혹은 새로운 환경에 적응하기 위하여 어쩔 수 없이 해당 직업의 숙련과 기술의 발달을 이룬다. 직업 발달이 원숙의 경지에 이른 사람은 그 방면의 전문가의 조언이나 기능에 의지하는 한편, 새로운 곤란한 문제에 직면하면 혼자의 힘으로 그것을 처리하기 위하여 할 수 있는 데까지 궁리와 노력을 시도하기도 한다.

근대 문명은 셀 수 없을 만큼 많은 종류의 기회를 우리에게 주어 인류 목적의 달성과 일을 줄이는 데 막대한 조력을 하여 주었다. 오늘날 기계 문명은 인간의 활동 분야를 지속적으로 확대하여, 개인이 손쉬운 기계를 이용하는 능력이 없다는 것은 사회의 낙오자를 의미하게 되었다. 이러한 세상에서 성공인이 되려면 예컨대 문서를 작성하거나 글을 쓸 때에는 펜으로 쓸 뿐만 아니라 컴퓨터 오피스 프로그램의 모든 워드작업은 기본이어야 하고, 다리로 걸을 뿐만 아니라 대중교통 수단으로 자동차의 운전 방법 정도는 알고 있어야 한다. 그리고 오늘날의 성공인이 자동차 운전은 기본이 되었듯이 앞으로 25년 혹은 50년 후에는 보통 사람이라도 자가용 비행기의 조종이 필요할 때가 다가올지도 모른다. 사회에서 성공하려고 생각하는 사람이라면 요리, 재봉, 건축 등의 기초적인 요령 정도는 알아 두어야 하며 또 일상의 가정 생활에서도 별로 복잡하지 않은 전기 기계의 수리와 조작은 할 수 있어야 한다.

12

자존심에 대하여

자신의 품위를 스스로 지키려는 마음을 드러내는 자존심의 발달, 이것은 성공하는 인생 수레바퀴에서 매우 중요한 스포크의 하나이다.

자신을 관찰하거나 평가하는 방법은 사람에 따라 여러 가지가 있다. 어떤 사람은 겸양의 도가 지나쳐 실제 이하로 자기를 평가한다. 그들은 세상의 사람도 자신을 그대로 낮게 평가하여 아무런 책임을 요구하지 않는 것이라고 믿고, 자신은 완전히 벌레 같은 보잘 것 없는 존재라고 스스로 굳게 믿고 있다. 또 어떤 사람은 실제의 가치 이상으로 걸맞지 않게 자기를 과대 평가한다. 이런 사람은 자부심이 매우 강하여 세상은 자기에게 행복과 개인적인 영예의 기회를 주기 위해서만 존재하는 것이라고 믿고 있다. 이 두 가지 경우에 분명히 정반대인 자기 평가의 태도는 언뜻 보기에 이상야릇하게 생각되지만 심리학적으로는 완전히 같은 성질의 것이다. 자신을 벌레처럼 믿고 있는 사람도, 또 신처럼 자만하고 있는 사람도 자존심의 발달이라는 문제에 관해서는 다 같이 갓난아기의 상태에 머물러 있는 것이다.

인생 수레바퀴의 그림을 보면, 자존심의 문제와 객관성의 문제와 유머의 정신이 각각 따로따로의 스포크를 이루고 있는 것을 알 수 있다. 그런데 사실은 그것들은 대단히 밀접하게 떨어지지 않는 관계에 있는 것으로, 자존심의 발달이 유아의 상태에 있으면서 객관성이나 유머의 정신이 그 이상의 진보한 상태에 있다고 하는 것은 사실상 전혀 불가능하다.

유아는 자기의 값어치를 적당하게 판단할 만한 충분한 인생의 경험을 가지고 있지 않다. 기껏해야 자기를 돌보아 주는 사람들의 애정으로부터 자기 평가의 근거를 뽑아내는 정도가 전부이다. 이리하여 그들은 타인을 사랑하는 입장에 서면 자기의 가치가 상실되며 타인으로부터 사랑받을 때에만 자기의 존재 가치를 발견할 수가 있다고 믿는 것이다. 여러분 가운데 문학에 친밀감이 있는 사람은 여성의 순정에 의하여 구제받은 수많은 소설 속의 인물을 생각할 것이다.

타인에게 사랑받는다는 것이 자기 평가에 진보의 중요한 요소라는 점을 인정하지 않을 수 없지만, 사랑만이 자기 발견의 근저라고 믿는 것은 어린아이 같은 유치하기 짝이 없는 생활 철학이다. 이런 사람의 자존심의 기초는 대단히 불안정한 것이다. 남편이나 아내, 양친이나 어린아이의 사랑만을 기초로 하여 자신의 존재 의의를 인정하고 있다고 해 보라. 만약에 그 가운데 한 사람이라도 불행한 일로 인하여 죽는다거나 멀리 떼어 놓아진다거나 하면 대부분은 인생의 거센 바다 가운데에 표류하는 난파선으로서 완전히 어찌할 바를 모르게 될 뿐이다.

어린아이들은 흔히 전능全能의 공상을 가지고 병정놀이나 장난감놀이의 작은 세계에서 자기를 창조주로 하고 있으나 이런 관념은 나이가 들어감에 따라 점점 없어져서 사회적 가치의 한층 객관적인 인식으로 대치되는 것이다.

자존심의 기초를 인위적이고 피상적인 우월감 위에 놓고 싶어하는 것이 청년기의 특색이다. 그 가장 대표적인 것은 가문이라든지 재산이라든지 재능에 의하여 자신의 가치를 결정하려고 하는 사람들이다. 불행하게도 세상의 대다수 사람의 자존심의 관념은 앞에 말한 유아 내지 청년층의 한계를 멀리 뛰어넘지 못하고 있다. 이런 자존심의 관념은 그 근저가 대단히 흔들리기 쉽고 사소한 인생의 변전에도 산산이 부서지기 쉬우므로 그들은 영구히 어떤 종류의 정신병 내지는 실의의 밑바닥의 심연에 빠질 위험에 드러나 있는 셈이다.

어린아이 같은 의뢰심이나 전능의 공상으로부터 한 걸음 나아가 자존심의 기초를 어느 정도까지 자기의 사업 또는 이웃의 평판 위에 놓아야 한다고 생각하는 것이 보통 사람들의 태도이다. 하지만 사회에 대한 객관적인 기여에 의하여 자기의 가치를 평가하려고 하는 것이 최상의 태도이다. 이런 태도를 가진 사람은 자기의 재능이나 사업에 자부심도 가지지 않을뿐더러 도에 넘치는 겸양의 마음도 없다.

완성된 자존심의 특색은 자신의 재능에 대한 책임의 완수이다. 예를 들면 작곡의 재능을 가진 한 사람이 있다고 하자. 자신의 재능을 자만하고만 있다면 그의 태도는 아직 청년기의 수준에 지나지 않는다. 또 만일 그가 자만할 뿐만 아니라 때로는 재능을 발휘하여 어떤 작곡을 이룬다면 그것은 보통 정도로 중년 시대의 태도라고 할 수 있다. 그런데 자신의 재능을 잘 살려 타인에게도 작곡이나 감상을 가르쳐 주기 위하여 좋은 음악을 사회에 알리는 것에 의식적으로 재능을 이용한다면 그의 태도는 완성의 경지에 다다른 것이라고 해야 할 것이다.

자존심 관념의 완전한 발달을 꾀하는 것은 각 사람에게 가장 중요한 일이다. 각 사람이 실질 이하로 낮추어 자신을 평가하는 경향이 있다는 것은 앞에 말한 바와 같다. 자신의 과소 평가의 관념은 반대 급부의 욕망을 불러일으키며, 만약에 반대 급부가 주어지지 않으면 구제하기 어려운 환멸에 빠진다. 본심에서 자신을 벌레라고 생각하고 정말로 벌레처럼 산다는 것은 하루라도 할 수 있는 일이 아니다. 여기에서 각자가 할 수 있는 두 가지 방법이 있다. 하나는 자신의 약점을 정당화하기 위하여 적당한 구실을 발견하는 것, 또 하나는 자신의 약점을 이용하여 타인에게 어리광을 부리는 것이다. 항상 타인에게 자신의 무력 무능을 변명하는 무리는 반드시 위선자이며 그의 진의는 스스로 자신을 돕는 대신에 타인에게서 도움을 받으려고 바라고 있는 것이다.

정상적인 사람이라면 자신의 무능을 자만하고 싶어할 리가 없다. 또 결점을 자각하고 있으면서도 언제까지나 그대로 계속해 갈 수는 없을 것이다. 자신의 무능을 속이기 위하여 궤변적인 구실을 붙여 때우고 있는 것은 일종의 정신장애자로서 이러한 상태를 계속하고 있는 한, 그들은 영구히 자존심의 발달에 있어서 소아 내지 청년의 한계에서 나올 수가 없다. 그러므로 완전한 발달을 이룬 사람은 자신의 가치를 평가하는 경우에 사회에 대한 실질적이고 객관적인 기여 여하를 표준으로 하는 것이다. 모두가 원하는 사회적인 성공자가 되기 위해서는 먼저 자신을 잘 알고 가장 자신 있는 재능을 마음껏 발휘할 만한 용기를 가져야 한다.

13

사랑의 기술

누구나 인생의 성공은 사랑의 문제를 도외시하고는 생각할
수 없다는 것에는 반대하지 않을 것이다. 동물이 서로 배우자
를 찾아내는 것, 애정을 나타내는 것에 확실하고 완전한 기술
을 가지고 있는 것을 우리가 아무리 부러워해도, 인간관계의
사랑의 문제는 동물처럼 단순한 것이 아님을 충분히 마음 속
에 새겨 두지 않으면 안된다.

맹목적이고 생물적인 본능만으로 수사슴은 암사슴에게로
가지만, 인간은 동물적인 본능의 힘만으로 움직이는 것이 아
니다. 해블록 엘리스, 노먼 헤어 등과 같은 많은 작가들은 인
간의 사랑의 기술 발달이 얼마나 필요한가를, 이 책에서 말하

기보다도 더욱 상세히 말하였다. 따라서 나는 다음 사항을 말하면 충분할 것이다.

다시 인생의 수레바퀴에 대하여 말하지만, 사랑의 스포크 발달의 정도가 유년기의 수준에 있는 사람은 타인을 사랑하는 것에는 전혀 무관심하기에 오로지 자신을 사랑하는 것에만 몰두한다. 청년기에 있는 사람은 이성異性의 동반자에 대하여 자기의 우월성을 발휘하기 위하여 애정을 이용한다. 사랑의 스포크가 완전한 발달을 이룬 사람이라면, 사랑을 자신의 인격 표현이라고 볼 뿐만 아니라 배우자나 주위의 사람과의 정신적 교섭의 한 형식으로 보고, 사랑이야말로 하나의 숭고하고 아름다운 예술로서 누구나 그 완성을 꾀하면서 배워 나가야 하는 것이라고 생각한다.

사랑의 기술을 배우는 최종의 목적은 생리학적으로 심리학적으로 사랑과 성의 문제를 잘 이해하고 사랑하는 사람에게 한층 커다란 행복을 주는 데 있다. 따라서 진정한 애정과 사랑을 아는 사람은 자기 자신이 수고하여 여러 사랑의 기술 법칙을 깨닫고 그것을 남에게도 가르치며, 이성과의 사적 관계에 있어서는 스스로가 좋은 본보기가 되도록 노력한다.

14

남녀 관계

앞 장과 관련하여, 여기서는 남녀 간의 관계에 대한 문제를 다루려고 한다. 성적 태도에 있어서 진보해 있지 않은 어른은 소아와 마찬가지로 남녀 간의 구별을 전혀 분간하지 않고, 남성이든 여성이든 불문하고 어느 쪽이든지 자기에게 형편이 좋은 쪽에 관심을 기울이게 된다. 바꿔 말하면 소아는 자기의 필요를 채워 주는 사람의 성 구분의 여하를 돌아보지 않는다.

일반적으로 청년기에 가까워져서 비로소 성에 관한 호기심과 의식이 나타나는 것인데, 일부의 소년이나 소녀들은 서로 이성을 미워하고 적대시하는 별난 경향도 있다. 소년은 근육이 발달하여 힘이 세고, 따라서 그들이 힘이 약한 여성을 싫어

하고 피하는 것은 마치 여자가 악마나 유령이 되어 나타나는 옛날 이야기의 세계에 있어서와 같다. 때로는 소녀들도 동성끼리 한패를 만들어 상대의 소년을 의심스러운 눈으로 보기도 한다. 곤란하게도 이 태도는 세상의 많은 부모들의 교육에 의하여 점점 강해지기도 한다. 세상의 부모들은 작은 아들이나 딸에게 여자의 부실이라든지 남성의 난폭, 위험과 같은 문제를 다룬 저급하고 우열한 읽을거리를 읽어 들려줌으로써 그들이 점점 이성을 특별한 눈으로 보도록 만들고 있는 경우도 있다. 어떤 사람은 어른이 되어서도 평생 소년이나 소녀의 이 태도에서 빠져나오지 못하고 끊임없이 이성을 경계 대상의 눈으로 보며 이성과 접촉하는 것을 두려운 것, 나쁜 것으로 생각하고 있는 사람이 있다. 남녀공학을 위험하고 바람직하지 못한 것이라고 여기고, 따로 교육하고 있는 일부 학교 당국자들도 대체로 이와 같은 관념에 사로잡혀 있는 것이라 여겨진다.

보통의 사람은 적어도 부부, 가족 간에는 이 관념을 벗어던졌으나 외부의 이성에 대해서는 역시 위험한 야만인이기라도 하듯이 생각하기 일쑤이다. 가정에서 아버지나 형제들과는 매우 친밀하지만 외부의 남성은 신용할 가치도 사랑할 가치도 없다고 믿고 있는 여성이 간혹 있는데 그녀들이 마치 이것과 동일하다. 심리학적으로 완전한 발달의 수준에 다다랐을 때에 이성끼리 서로 이단시하는 태도는 비로소 사라져 버린다.

유아 시절에 대부분의 남자아이는 어머니에게 의지하고 여자아이는 아버지에게 의지한다. 성장하면서 소년기가 되면 어린아이들은 이성끼리 서로 경쟁하는 입장을 취한다. 중년기에는 의뢰심도 경쟁심도 한층 적어지지만 더 나아가 인격 완성의 시기에 다다르면 남녀 간에는 참다운 우애가 솟아나 경쟁심 대신에 협동의 마음이 남녀 간의 원칙이 된다. 그리고 인위적으로 조작된 남녀 간의 차이는 모두 최소 한도로 적어지고 평등 관념이 머리에 인식하기 시작한다.

성적인 특수 관념을 가지지 않고 여자를 위하여 일할 수 없는 남자나, 남자를 위하여 일할 수 없는 여자는 완전한 인격 발달의 경지에는 아직 도달하지 않은 증거이다. 심리학적으로 성에 대한 태도가 완성된 사람은 남녀 간의 문제에 관해서는 양성을 전적으로 동일시한다. 그들은 이성과 일을 서로 도우며 책임과 쾌락을 나누며, 서로의 부족한 곳을 보충하여 생활한다. 더욱 한 걸음 더 나아가서 성에 대한 태도가 완성의 극치에 다다른 사람—이러한 사람은 아주 드물지만 만인이 도달해야 할 최고의 목표이다—에게는 양성 간의 협동과 서로 도움이 '우리'라는 관념에 융합하게 되어 그 융합체 가운데서 비로소 남성 또는 여성의 특질이 가치를 발휘하는 것이다. 이 사실은 곧 남녀 간의 차이는 물론 인정하지만 완전한 상호부조相互扶助는 '우리'의 관계를 통하여 형성될 수 있다는 의미이다. 인류 협동의 극치를 나타내는 것이 '우리'의 관계이다. 남편과 아내가 '나와 당신'이라고 부르는 대신에 '우리'라고 부르는 결혼 생활이야말로 참으로 행복하고 완전한 결혼 생활이다.

15
생활의 완성

이제는 스스로 각자가 인생의 수레바퀴를 그려 현재의 실제 자신을 알아야 할 때이다. 먼저 인생의 수레바퀴를 그려서 모든 스포크에 당신의 발달 정도를 써넣는 것이 가장 좋은 착상이다. 처음 4~5일은 그 그림을 그대로 두고 그 동안에 당신은 스스로 자기의 가치를 고찰하고, 4~5일이 지나서부터 다시 도면을 꺼내어 적당히 수정을 더하는 것이다. 그리고 나서 아내나 남편과 의논하거나 또는 당신을 잘 알고 있어 어떤 점이 바르고, 옳지 않은가를 지적해 줄 신뢰할 만한 친구와 서로 의논하는 것도 좋을 것이다. 다음으로 자신의 각 스포크의 발달 정도를 최저로 평가하고, 앞에서 말한 성공자의 각 스포크를 목표로 삼아 각자 될 수 있는 최대한의 범위 안에서 목표에 도달할 계획을 세워야 한다.

이 계획은 너무 융통성이 없는 것이어서는 안된다. 먼저 5개년 계획을 세워서 발달 정도의 가장 낮은 데서부터 시작하여 그것을 평균 목표 지점까지 끌어올릴 궁리를 해 보는 것이 현명하다. 성공자의 인생 수레바퀴는 원활하게 회전하는 것임을 항상 마음 속에 새기고 있지 않으면 안된다. 만일 여러분의 인생 수레바퀴의 도면이 충실하게 그려진 것이라면, 어떤 스포크는 최고의 점에까지 튀어나와 있고 다른 스포크는 유아 또는 청년의 수준에 머물러 있는 식으로, 마치 지그재그가 있는 별과 같은 모양을 한 것일 것이다. 효과적인 방법은 지그재그의 가장 깊은 곳에서부터 시작하고 계획한 수레바퀴가 원활하게 회전하도록 해야 한다.

인간은 실제적이고 구체적인 계획 대신에 여러 가지 욕망이나 꿈이나 희망을 가지고 싶어 한다. "어떠한 길로 나아갈 것인가" 하고 혼란으로 헤매고 있는 친구들에게 충고로서 다음의 아름다운 말을 준 것은 분명히 칼라일이었다고 생각한다. 그것은 "가장 가까운 곳에 있는 의무부터 다하여 가라"고 하는 말이다. 자신의 향상이라는 가까운 문제를 그만두고 다만 막연하게 자신의 완성이라는 꿈과 같은 희망을 가지는 것은 현명한 사람이 취할 바가 아니다.

계획은 그것이 완전히 실행될 수 있을 때에 한해서 계획으로서의 가치가 있는 것이다. 가난한 남자가 "나는 5년 안에 뉴욕주의 지사가 될 계획을 가지고 있다"고 해 보았자 아무런 소용도 없지만, 비웃을 희망으로 보일는지 모르나 "어떻게 하면 나는 현재보다도 일주일 동안에 1달러 더 벌 수 있을까?" 하고 이 목적에 온 힘을 바치는 편이 훨씬 현명하다. 주위 사람들과 고립되어 사람과 친하지 않게 지내 온 남자가 "나는 온 인류를 사랑하고 싶다"고 하는 것도 이것과 똑같다.

성공 수레바퀴의 어떤 스포크의 발달 정도가 낮으면 낮을수록 한층 커다란—때로는 불가능한—진보를 당장 바라는 것은 어쩌면 인지상정이기도 할 것이다. 성공의 비결은 다음의 중요한 세 가지에 달려 있다. 첫째 가능한 계획을 세우는 지식, 둘째 그 계획에 매진하는 용기, 셋째 나날의 아주 적은 진보의 자취에도 만족을 발견할 만한 인내심이다.

개인주의적인 야심, 경솔, 성급은 현재 고립된 생활을 하고 있어 세상 사람과 한층 더 친밀하게 교제해야 한다고 자각하고, 따라서 온 인류를 사랑하는 것을 일생의 대망으로 삼으려는 사람에게 가장 해로운 것이다. 이런 사람이 스스로를 구원하는 방법은 우선 이웃 사람에게 미소를 보이면서 지금까지적으로 삼아 미워하던 사람에게 먼저 이쪽에서부터 친밀감의 깊은 태도를 보이는 것이다.

만약에 계획을 세우는 방법이 경솔했다면, 먼저 첫째로 목표를 너무 높이 세워 그 때문에 길이 멀다고 낙담하여 2~3주일 안에는 맨 처음의 결심과 좋은 계획은 잊어버리고 마지막에는 계획도 인생 수레바퀴의 도면도 어딘가에 잃어버리고, 다시 이 책을 읽지 않았던 시대로 되돌아가서 한평생 아무 계획 없이 닥치는 대로 같은 실패의 길을 걷게 될 것이다.

어떤 마법의 힘으로 성공하려고 생각하는 것은 인간의 약점이다. 여러분을 위해서 만든 도면에 대하여 꼭 말해 두고 싶은 것은 "나의 제의를 우선 실행에 옮겨라" 하는 것이다. 내가 말하는 것은 마법도 아니고 또 만인에게 효력 있는 만능약도 아니다. 나는 새로운 구세주도 아니고 또 나의 말을 믿어 달라고도 하지 않는다. 다만, 나의 충고를 날마다 실행해 주기만을 바라는 것이다.

나의 말 가운데 있는 것은 결코 마법이 아니라 단순한 상식과 지성의 힘이다. 여러분이 알고 있는 성공한 자 누구에게나 "어떻게 하여 성공을 거두셨습니까?"라고 질문을 해보라. 만일 그가 별로 바쁜 몸이 아니라면, 내가 말하는 것과 거의 같은 것을 대답하여 줄 것이 틀림없다. 설명의 방법은 혹시 그 사람이 능숙할지도 모른다. 그리고 또 내가 간과하거나 혹은 지면 관계로 일부러 생략한 두세 가지 문제를 추가적으로 상세하게 가르쳐 줄는지도 모른다.

그렇지만 결국의 정수精髓에 있어서는 나의 충고와 그 성공자의 충고가 거의 같은 것이리라고 확신한다. 자 그러면, 지금이 시작할 때이다. 우선 작은 것부터 출발하여 점점 어려운 것으로 나아가는 것이 좋다. 만일 전문적인 가르침이 필요하다고 생각하면 배움을 청하고 싶어 하는 사람에게로 지금 즉시 달려가길 바란다.

성공자는 항상 정중하게 참을성 많게, 그리고 남을 돕고 싶어한다. 결코 실패를 두려워해서는 안된다. 내가 여러분에게 줄 수 있는 가장 중요한 말은 다음의 한 마디일 것이다. 즉, "인생에 완전한 것은 없다"는 것이다. 유명한 아일랜드의 시인이며 작가인 제임스 스테판스가 그의 사랑할 만한 책『황금의 병』에서 쓴 것처럼 "참으로 완전한 것은 아무것도 없다, 그 속에는 혹이 있다"는 것이다.

인생의 성공에 내일이라든지 다음 달이라든지 5년 후라든지 하는 기한을 붙여서는 안된다. 인생의 성공이란 어떤 일정한 사물이 아니라 단지 막연한 목표로 향하는 순서라고나 할까, 운동이라고나 할까, 어쨌든 한계가 없는 것이다. 작은 것부터 시작해서, 즉각적이고 마술적인 성공을 얻으려고만 하지 않는다면 여러분의 진보 발달은 무한히 계속될 것이다.

새로운 인생 계획으로 서로 손잡고, 자 이제부터 나아가지 않겠는가!

5장

우주적 관계

자연을 직접 눈으로 보거나 또 그림이나 시를 통하여 볼 때에나,
자연의 스포츠 발달이 완성의 수준에 있는 사람은 우주 간에 존재하는
신비롭고 위대한 힘에 대하여 어느 정도까지 복종의 감정을 품는다.

인생은 우주의 영광이요,
또한 우주의 모욕이다.

— 파스칼

16
종교와 신앙

인생 수레바퀴의 제3의 스포크, 즉 신앙의 스포크에 대하여
말해 보자. 단, 모든 종교의 신앙인 전부에게 일일이 만족을 주
는 것은 대단히 곤란한 문제인 것을 미리 양해를 구한다.

인간은 누구나 어떤 종교를 가지고 있다는 것이 나의 지론
이다. 그러나 이 사실은, 인간은 성공하기 위해서는 반드시 어
떤 부류의 교파인 교회에 속해 있어야 한다는 의미는 아니다.
가장 바람직한 종류의 종교가 두 가지 있다. 첫째는, 가장 일
반적인 것이 이른바 정식의 종교이다. 만일 여러분이 택한 가
톨릭교 · 신교 · 불교 · 유대교 · 이슬람교가 신앙에 의하여 인
생의 모든 문제가 해결될 수 있다고 믿고, 또한 자발적으로 자

신이 신앙의 길로 들어간 것이라면 이미 종교에 관한 한 성공의 길에 있다고 해도 좋다.

신앙심은 우리 마음의 가장 깊은 곳의 심원한 요구에서 나온다. 원시인이 먼저 최초로 하는 일의 하나는 그를 둘러싼 우주의 여러 문제에 직면하기 위해 자기편으로 첫째로 종교를 만드는 것이다. 원시적인 신앙도 있는가 하면 진보한 종교도 있는데, 어느 종교도 그것이 개인과 우주의 신비와의 사이의 중개자인 것은 다름이 없다. 어떤 종류의 종교는 대단히 형식적이며, 오랫동안에 체계가 세워지고 조직화되어 교리와 의식과 성당이 밀접하여 떨어지지 않는 관계에 있다. 많은 사람들은 이런 종류의 종교를 우주와 그들과의 유일무이한 중개자로서 신앙하고 있는 셈이다. 이러한 사람들은 왕왕 완고하고 도량이 좁은 광신자가 되어, 자신들의 종교만이 세상에서 유일한 가치 있는 종교라는 것을 믿고 싶어 한다.

또 한편, 자신의 종교를 스스로 창출하는 사람도 있다. 이러한 종교도 비록 그 속에 신의 존재를 인정하지 않는다 하더라도, 종교로서 존재할 수 있으며 또 하나의 믿음을 위한 종교일 수도 있다.

역설적으로 들릴지 모르지만, 이런 종류의 사람들도 신실한 가톨릭교나, 좋은 신교도와 마찬가지로 역시 믿음의 종교인이다. 종교의 기본적 본질이란 인간의 힘이나 이해력을 초월한 절대적인 위대한 힘에 완전히 복종하는 자세이다. 어떤 종교라도 합리적이지 않은 요소를 다분히 품고 있으나, 종교의 종교로서의 근거는 신앙의 표현과 의식을 통하여 신앙심을 재표현하는 데 있는 것이다. 종교에서 의식, 신앙, 표현을 빼앗는 것은 종교의 근본 성격을 빼앗는 것이다. 이리하여 가톨릭교도가 오랜 세월의 의식을 통하여 자신들의 종교에 마음으로 귀의하여 참기쁨을 느끼는 일도 있는가 하면, 지식의 탐구를 종교로 하는 과학자가 새로운 별이나 새로운 미생물을 발견하여 전자에 못지않은 신앙의 기쁨을 느끼는 일도 있을 수 있는 것이다.

미신이나 마법 등을 믿어 인간이 해야 할 책임을 신에게 전가하여 마음이 편안하고 태평스러워하고 있는 것이, 종교 스포크의 발달이 유년기에 멈춰 있는 사람들의 통례이다. 종교심의 가장 원시적인 형태는 어린아이가 아버지를 전능의 사람이라고 맹신하는 것과 같은 것이다. 순연한 심리학적 견지에서 관찰하면, 조그마한 소원을 신에게 빌고 또는 일상의 사소한 문제에 대하여 신의 원조를 비는 사람들은 아직 유아의 영역을 벗어나지 못한 것이다.

종교심의 발달이 청년기에 다다른 사람은 만사에 회의적으로 되어, 종교에 대해서도 의심을 품고 우상을 숭배하기보다는 오히려 그것을 파괴하는 데에 흥미를 느끼게 된다. 자신은 무종교라고 믿고, 종교나 신에 대한 타인의 환상을 파괴하며 다니는 사람은 사실 스스로 생각하고 있는 만큼 똑똑하지는 못하다. 왜냐 하면 그는 인생에서 신앙의 필요성을 알지 못하기 때문이다. 타인의 신앙을 파괴하는 것으로 그는 타인에게 아무런 공헌도 하지 않는다. 반대로 자신에게 대하여 단 한 가지 일—타인을 희생으로 하여 자아를 발전시키는 일—을 할 뿐이다. 청년기의 대표적인 종교적 특징은 반대로 극단적인 광신자의 태도를 발휘하여, 타인의 종교에 대해서는 융통성이 없고 도량이 좁은 경우가 많다는 것이다. 그들은 자신의 지식을 지나치게 자부하여 자신의 종교야말로 세상 최고의 것이며 또 그래야만 한다고 독단한다. 그들은 또 흔히 선조의 종교를 그대로 이어받아 신앙 생활을 한다. 그것은 그들이 직면하는 '어째서'라는 문제의 해결에 가장 형편이 좋기 때문이다. 신앙심이 원숙해진 사람들을 보면 스스로 생각하고 고심하여 신앙의 심경에 다다른 사람들로서, 가톨릭교라든지 유대교와 같은 정식의 종교를 믿고 있는가 혹은 무신론과 같이 정식이 아닌 신앙심을 가지고 있는가는 대단한 문제가 아니며, 또 그들의 원숙한 신앙심이 타인에게 봉사하는 순수한 개인적인 종교심인가 혹은 예술이나 과학에 봉사하는 일종의 종교심인가도 중요한 문제는 아니다.

앞에서도 말한 바와 같이 모든 종교적 감정의 에센스는 자신보다도 더 위대한 힘, 보다 더 위대한 존재에 대한 개인적 귀의심이다. 이러한 종교적 감정은 정통 종교의 상징적 의전儀典의 경우와 마찬가지로 자연의 향락에 몰두하는 경우, 현미경 밑에서 인생의 이상야릇함을 발견하는 경우, 질병을 고치거나 다른 사람을 교육하는 일의 경우에도 경험할 수가 있다. 이와 같이 종교심의 발달이 최고의 선에 이르면 사회적 요소—타인에 대한 유용성의 요소—가 점점 더 뚜렷하게 나타난다.

17
가족의 관계

많은 인간 관계 가운데 양친이나 형제, 자매, 어린아이들과의 관계도 매우 중요한 문제의 하나이다. 어린아이는 언제까지나 어린아이의 상태로 있는 것을 좋아하며 가족이 자신을 보살펴 주기를 바란다. 즉, 어머니나 형이나 기타 가족 구성원에게 둘러싸인 가정이 어린아이의 작은 세계인 것이다.

청소년 무렵이 되면 가족과 거북스러운 긴박의 상태에 들어간다. 과장해서 말하면 크든 작든 가족을 반대편으로 돌려 교전의 태도를 취하게 된다. 자기제일주의인 것은 유아와 같으며, 게다가 가족에 대해서는 대단히 성질이 비뚤어지고 완고하다. 어른이 되어서도 이런 심리 상태인 사람이 있는데, 그들은 청소년과 마찬가지로 자기가 올바르고 가족이 잘못되었다는 것을 증명하려고 시도하기도 하고, 또 자기 혼자만이 특별한 후원을 받으려고 시도하는 데에 일생을 허비하는 경우도 있다. 세상의 많은 사람은 자신이 혼자 정한 인격 가치를 부모나 형제에게 인정시키려고 하는 무익한 시도에 일생의 노력을 낭비하는 경우가 있다.

보통 사람은 상당한 연배에 이르면 가족과 헤어져서 따로 독립된 가정을 세우려고 한다. 그 동기는 때로는 분명하지 않은 경우도 있으나, 보통은 어린아이 시대의 특색이었던 가족에 대한 심리적 태도가 이번에는 자신을 완전한 생활로 들어가게 하기 위한 요소가 되는 경우가 적지 않다.

가족에 대한 심리적 태도가 완전히 발달한 사람은 가족을 매우 객관적인 눈으로 본다. 그들은 양친이나 형제나 자매에 대한 책임은 충분히 인정하지만, 그렇다고 자신의 개성을 죽이고서까지 부모의 생각에 맞추려고는 하지 않는다. 그들의 가족 생활의 초점은 먼저 배우자나 어린아이에게 있다. 그들에게 가족이란 오직 하나의 목적을 위해서만 존재하는 것이다. 즉 어린아이가 장래에 가족을 떠나 사회에서 독립된 생활을 영위하기 위한 준비의 도장으로서만 존재하는 것이다. 그리고 이 목적에 따르기 위해서 그들은 가족에 대한 어린아이들의 의뢰심을 될 수 있는 대로 빨리 버리게 하고 개성의 양성에 힘쓴다. 그들은 또 자신의 생활에 대해서는 평소부터 충분한 관심을 가지고 있으므로 어린아이의 사랑이나 양친의 사랑에만 온 생활의 중심을 두거나 하는 일은 하지 않는다.

발달의 정도가 최고의 수준에 이른 사람은 씩씩하게도 자신의 어린아이가 스스로 인생의 방향을 결정하는 권리를 인정한다. 청년의 수준에 머물러 있는 사람은 심리학적으로 보면 아직 충분하게 성인이 되지 않았으나 육체적으로는 완전하게 발달하여 어린아이를 낳으며 또는 곧바로 어린아이의 부모가 되어 자녀를 자신의 생각대로 따르게 하려고 한다.

이들은 살아온 인생 실패의 발자취를 반성하고 어린아이를 반드시 후회 없는 삶과 사회적으로 존경받고 안정적이고 성공시키려고 힘쓴다. 부모가 어린아이의 성공을 열심히 바라는 것은 사실은 자녀를 위한 생각에서라기보다는 자신이 실패한 것을 어린아이가 성취하여 주는 것을 봄으로써 자신의 실패한 삶을 회복하려고 하는 일종의 보상 심리가 작용을 하는 것이다. 심리학적으로 불완전한 사람이나 실패자의 대부분은 어린아이를 부모의 가치와 야심을 채워 주는 편리한 도구라고 알고 있다. 이것이 어린아이를 위한 완전한 태도가 아님은 말할 것도 없을 것이다.

최고의 수준에 이른 세상의 부모는 물론 어린아이에 대한 책임은 충분히 인정하지만, 그와 동시에 자신의 존재 의의에 대해서는 확고한 많은 근거를 충분히 가지고 있으므로 개인적인 공명심의 달성을 어린아이의 성공에 거는 일 따위는 하지 않는다. 바꿔 말하면 최고의 지적인 성공 수준에 도달한 사람은 동년배의 형제든 후계자인 어린아이든 가족의 각 멤버로부터 전적으로 자유이며, 그와 동시에 심리학자의 이른바 병적인 육친애肉親愛에 의해서가 아니라 서로의 흥미와 관심, 즉 협동 정신의 끈으로 굳게 맺어져 있다.

그들은 가족과 함께 살아도 좋고 떨어져 살아도 무방한 것이다. 함께 지내던 가족의 일원이 갑자기 있지 않게 되면 일시적으로는 확실히 불행을 느끼지만 그렇다고 해서 결코 자신을 병적으로 괴롭히는 일은 없다. 최고 경지에 사람이라면 일생의 행복을 가족 중 단 한 사람이 있고 없고에 거는 일 같은 짓은 하지 않는다. 이 점은 현대에 아마 가장 이해하기 어려운 문제의 하나일 것이다.

가족 전원이 아주 가까운 범위에서 생활하고 가족 한 사람 한 사람이 사회인으로보다는 그 가족의 일원으로서 자존심을 보다 많이 가지고 살아가는 경향이 오늘날 점점 일반적으로 되어 가고 있다. 이러한 동족 발전의 상태는 생물학적이나 심리학적으로 동족의 일원 또는 전원에게 결코 바람직한 일이 아니다. 인생의 성공자가 되고자 명심하고 있는 사람은 동족의 사람들과 너무 밀접하게 결부되어 있으면 안되며 또한 동족 사람들의 진퇴 거취에 너무 깊이 관여해서도 안된다.

현대에는 또 가족의 한 사람—다분히 그 가족에게는 말썽꾸러기일 것이다—이 가족의 울타리를 떠나 다른 방면으로 가고자 하고, 그래서 남은 가족들이 합세하여 곧 말썽꾸러기의 구원대를 조직하는 일이 흔히 있다. 이것은 '말썽꾸러기' 자신에게 참으로 불행하고 불건전한 것이다. 가족의 한 사람을 상대하는 것은 마치 친구의 한 사람을 상대하는 것과 같지 않으면 안된다. 상대방이 도움을 요청하지 않고 또는 가르침을 구해 오지 않는 한, 좋은 일이든 나쁜 일이든 그의 행동에 함부로 간섭해서는 안된다.

변호사나 의사를 만들려고 했던 당신의 동생이 만약에 해군에 들어가 군인이 되고자 결심했다고 하면 일단 충고를 해 주는 것은 좋으나 결코 무리하게 충고에 따르게 하려고 해서는 안된다. 당신의 동생은 법정에 서거나 환자의 소중한 생명을 위해 수술실에 있거나 하기보다는 해군 병사로서의 생활에 아마 보다 큰 만족을 발견할 수 있을 것이다. 또 만약에 여동생이 당신의 집안보다 사회적인 시각으로 볼 때 부족하고 낮다고 생각되는 어느 남자와 결혼하려고 결심하고 있다면, 일단 진심어린 의견은 말해도 좋으나 결국 최종의 선택은 여동생이 현명하게 판단하여 평화롭게 자신이 선택한 길을 가도록 해주는 것이 바람직하다. 이것이 내가 여러분에게 조언해줄 수 있는 충고이다.

가족의 한 사람이 다른 가족의 행동에 간섭하는 경우에는 자신은 대체로 고상한 좋은 의도에서 하는 것이라고 믿고 있으나, 그 행위의 바닥에 가로놓여 있는 것은 실제로는 진짜의 아름다운 동기가 아닌 경우가 많다. 여러분이 가족 중 누군가의 행동에 간섭하는 것은 대부분의 경우 자신의 불행한 약점을 감추려고 하는 마음에서 비롯된다. 누군가의 행위에 간섭하거나 또 누군가를 자신의 필요에 의하거나 이상대로 하려고 하는 것은 그 동기가 언뜻 보기에 아무리 고상하게 보여도 실은 자신의 허영심이나 공명심이 위태롭게 되었기 때문에 행동하는 것으로, 결코 그 가족을 도와주기 위한 마음의 행동은 아닐 수가 있다.

가족은 인류가 만든 가장 작은 단위의 공동체이다. 사회적으로 볼 때 가족의 가장 중요한 의미는 함께 생활하는 가운데 대화를 통하여 즐거움을 나누기도 하며, 때로는 많이 발생하는 일들에 대하여 관심과 어려운 문제를 마주하고 해결하는

'정신적인 안정감'을 준다는 점이다. 따라서 가족이라는 공동체를 유지하기 위해서는 무엇보다 각자의 역할을 제대로 맡아서 충실히 수행해야 하는 것이 기본적인 의무라고 할 수 있다.

가족에 대한 태도가 발달하여 최고 수준의 사람이라면, 자신의 가족에 대한 개념을 일반 사회의 사람들, 또는 적어도 전국민에게까지 널리 알려 마치 보통 사람이 순수한 본능에 의해서 자신의 어린아이에게 대하는 것처럼 사회 구성원을 위하여 최선을 다하고 슬픔을 함께 슬퍼할 것이다.

18

생활의 철학

인간은 분명히 자신의 행위를 관찰하고 판단할 만한 두뇌와 능력이 주어져 있고 계획을 수립하는 유일한 동물이다. 즉, 어떤 사람은 스스로 생활의 설계도를 만들고 계획대로 실천해 나간다. 그렇지만 대다수의 사람은 다만 닥치는 대로의 그때그때의 생활로, 본능의 충동에 좌우되거나 눈앞의 유혹에 정신없이 빠져들기 십상이다. 유아나 어린아이의 수준에 있는 사람은 단순히 식물의 철학을 가지고 있는 데 불과하다. 그들은 지금 이 순간 살아 있고 그 사실이 유일한 생존 이유이다. 자기의 향상을 구하지 않고 타인에게 기여를 하지 않고 운명의 만회를 도모하지 않는 이들은 전적으로 식물의 생활 철학의 소유자로서 이른바 인간의 순무이다. 그들은 될 수 있는 한 생활의 철학 없이 지내려고 한다. 순무가 가지고 있는 생활 철학을 선택하여 단순한 생물학적 존재로서의 일생에 만족하고 결코 그 이상을 바라지 않는 것이다.

유년기 폭풍의 시기를 거쳐 완성기의 평화와 안심의 경지에 들어가기 전에 먼저 청년의 시대를 경험한다. 청년기의 대표적인 생활 철학은 우리의 이른바 쾌락주의이다. 쾌락주의는 인생을 향락하기 위해서만 살고 있는 사람들의 철학이다. 쾌락이야말로 그들의 최고 목표로서 모든 활동은 이 목표에 따르기 위한 것이라고 해석되고 있다. 그들은 자유로이 향락하기 위해서만 일하는 것으로, 일 그 자체는 그들에게는 아무런 의의도 가지고 있지 않다. 쾌락주의는 근본적으로는 낙담과 비관의 철학이다. 쾌락주의자는 세상에 보다 커다랗고 완전한 쾌락이 존재하는 것을 직감할 만한 자신이 없는 것이므로 그날의 눈 앞에 놓인 쾌락을 광기처럼 뒤쫓고 있는 것이다.

청년기의 수준에 머무른 사람들의 생활 철학의 또 하나의 대표적인 것은 어떤 가치도 인정하지 않고 따라서 어느 사항에 대해서도 특별한 노력을 기울일 필요는 없다고 하는 철학, 즉 냉소주의적인 태도이다. 심리학적인 통찰력을 조금이라도 가지고 있는 사람이라면, 인생에 대하여 냉소적이거나 쾌락의 탐구를 인생 유일의 목적으로 하고 있는 무리는 단적으로 말해서 인생에 아무런 투자도 하지 않는 사람들이며, 따라서 그들은 인생을 가치 있게 하기 위해서 어떤 노력도 하지 않기 때문에, 인생은 그들에게는 조금의 가치도 없다는 것을 시인하는 것일 것이다. 냉소주의의 사람은 자기의 창조적인 재능을 작용시켜 세상을 자기가 이상으로 하는 사회에 가깝게 하려고 할 만한 적극성도 없고 생활의 여러 문제를 있는 그대로의 모습으로 채택하여 고찰할 만한 용기도 없다. 여기에 그의 철학이 냉소주의인 연유가 있는 것이다. 그들은 인생의 의미와 가치도 알 수가 없다. 왜냐 하면, 그들은 자신의 인생이 무가치하며 무의미하다는 것도 깨닫지 못하고 있기 때문이다. 또 하나의 특색은 이른바 로맨티시즘이다. 로맨티스트는 인생의 가치를 현실의 모습에 두고 감득할 수가 없기 때문에 늘 인생에 실망한다. 그리고 그들의 생활 철학의 전부는 현실보다도 한층 좋고 아름다운 꿈의 세계를 뒤쫓는 것이다. 이러한 생활 철학도 실망 낙담을 예약하는 이외의 인생에 아무것도 아니다.

보통 사람은 어느 정도까지 자기의 존재 의의를 이해하고 적당하게 일하며 향락하고 때로는 비관하며 낙천가가 된다. 이들은 삶의 이상도 가지고 있으며 또 인생의 현실을 인식할 만한 견식도 어느 정도는 갖추고 있다.

완성 수준의 사람은 비관주의와 낙천주의 사이의 중용의 철학을 가지고 있다. 즉 그들은 이 세상에 처음부터 완전무결한 것이 있다고는 생각지 않고 사람들이 목적과 이상의 달성을 위하여 최선의 노력을 하고 있음에도 불구하고 그 완성을 방해하는, 어떻게도 할 수 없는 어려운 힘이 있다는 것을 잘 이해하고 있다. 또 어느 정도까지 이상주의자로서 개인의 이상을 현실의 생활에 적용하려고 시도하려는 대단히 용감하고 낙천적이다. 그리고 설령 목표에 실패하더라도 곧바로 실망 비관하여 스스로 패배를 인정하는 일은 결코 하지 않는다.

현재와 장래도 만사가 모두 순조롭게 되리라고 하는 무제한의 낙천주의는 인생의 실제에 대한 무지에 기초를 둔 매우 유치한 철학이다. 마찬가지로 끝없는 비관주의도 자기의 불완전과 무력無力을 어떻게도 해결하기 어려운 운명이라고 믿는데서 나온 유치한 생활 철학이다. 비관주의에 조금 낙천주의를 섞은 것, 또는 낙천주의에 약간의 비관주의의 색깔을 칠한 것이 최선의 생활 철학이며, 그것이 세상을 다소라도 이상의 틀에 적용시키려고 하는 개인 능력의 가장 완전한 평가를 대표하는 것일 것이다. 이러한 태도야말로 완전한 생활 철학을 체득하는 과정이며 따라서 인생의 완성으로 나아가는 길이기도 하다.

심리학적 측면에서 보는 최선의 생활 철학이란 인생의 길에서 만나는 여러 문제를 바르게 인식하고 자신의 능력의 한계를 잘 알며, 그런 뒤에 해결해나가야 할 문제에 용감하게 직면하여 개인의 재능과 개성의 범위 안에서 완전한 인간이 되려고 하는 목적으로 매진하는 철학이다. 이 철학은 낙천주의, 용기, 객관성, 사회적 협동 정신의 혼합물이다. 이 네 개의 기둥으로 받쳐진 다리를 다 건넌 사람이야말로 비로소 상당한 행복과, 노력에 대한 최대의 보수를 얻을 수가 있을 것이다.

19

자연과 동물에 대한 취미

　이 장에서 논의할 스포크는 인간과 자연 및 동물에 대한 관계이다. 유년기의 수준에 있는 사람은 인간계의 일로 머리가 이미 가득 차 있어 자연이나 동물에 대해서는 아무런 관심도 기울이지 않는다. 갓 태어난 갓난아기를 향하여, 바야흐로 지평선 위에 가라앉으려고 하는 태양의 아름다움이나 심산유곡의 고요한 아름다움을 이해시키려고 해 보아도 그것은 무리한 이야기이며, 또 유아에게 여러 동물을 보이고 그 경쾌함이나 우아하고 아름다움을 감상할 수 없다고 해서 책망해 보아도 그것은 당연히 책망하는 쪽이 잘못된 것이다.

　유아의 수준에서 한 걸음 나아가 소년기의 수준에 다다르면 자연과 동물에 대한 태도는 다음 두 가지 형태로 나타난다. 즉, 어떤 사람들은 인간 사회를 싫어하여 세상에서 달아나 자연의 아름다움을 감상하거나 동물을 애무하는 일에 넋을 놓고, 또 다른 사람들은 동물을 극단적으로 혐오하여 가엾게도 동물을 자기들의 자존심을 만족시키는 도구로 사용한다. 아마 여러분은 지독하게 말에게 채찍질을 하거나 개나 고양이를 몹시 괴롭히거나 하는 사람을 자주 보게 되는데, 그것은 자신이 세상의 사람보다도 무력하다는 열등감을 가지고 자기보다 약하고 무지한 동물을 괴롭힘으로써 약간의 우월감을 맛보려고 하는 것이다.

불행하게도 세상의 사람은 자연과 동물에 대하여 별로 애정을 보이지 않는 것 같다. 심리학적으로 완전한 수준에 다다른 사람이 만일 인생에 성공을 구한다면 자신의 육체, 가족, 직업, 사랑 등의 세계에 흥미와 관심을 가질 뿐만 아니라 더욱 그 주위의 세계에 살고 있는 다른 생물의 전체까지 흥미와 관심을 파급시켜야 한다. 그는 자신이 우주 간에 유아독존적으로 초연하게 서 있는 것도 아니고 또 세계의 중심도 아니라는 것을 잘 이해하고 있다. 그는 암석, 조류潮流, 별 등의 무기물은 물론 지구상에 각자의 지위를 주장하고 있는 나무, 꽃, 동물, 작은 새나 물고기 등의 생물을 배우고 감상하며 또 이해하려고 힘쓴다. 예를 들면, 책상 위에 개미 한 마리가 기어가고 있어도 그것을 무심하게 보아 넘기는 일 없이 반드시 개미의 행동에서부터 생리에 이르기까지 흥미를 가지고 상세하게 관찰한다. 그는 먼저 개미의 집을 발견하고 개미의 사회기구와 인간 사회기구와의 상위점에 경이의 눈이 휘둥그래지고, 또 어느 쪽의 사회기구가 보다 더 뛰어난가 등을 관찰한다.

자연을 직접 눈으로 보거나 또 그림이나 시를 통하여 볼 때에나, 자연의 스포크 발달이 완성의 수준에 있는 사람은 우주 간에 존재하는 신비롭고 위대한 힘에 대하여 어느 정도까지 복종의 감정을 품는다. 자기가 살고 있는 세계를 형성하고 있는 별, 구름, 태양, 비, 지구, 숲, 해안 등에 완전히 복종하기 위해서는 무엇에도 꺾이지 않는 용기와 자신에 대한 확신과 세계에서 자신의 지위에 대한 부동의 신념이 필요하다. 자연에 대한 복종의 심리에는 그 근저에 보이지 않게 작용하는 깊은 종교적인 것이 있고, 샘이나 여울의 흐름을 보고 영감을 느낄 수 있는 사람이야말로 참으로 인생에 자연의 가치를 아는 행복한 사람이라고 할 수 있다.

20

좋은 오락

　인생 수레바퀴의 여가의 부분에 속하는 오락의 스포크에 대하여 알아보자. 오락 레크리에이션은 '회복하다', '새롭게 하다'라는 의미의 라틴어 '레크레아사오'에서 유래되었다.

　오늘날에는 일반적으로 여가·레저 leisure, 자유시간에 개인적 또는 집단적으로 다양하게 행하여지고 있다. 외적인 보수나 생존의 필요로 인하여 강제됨이 없이, 일 자체에 직접적인 의미가 부여되는 자유롭고 즐거운 활동을 말한다.

　생활 속에 새로운 활기를 줌으로써 필수적으로 여겼던 오락에 대한 인식은 일반적으로 믿어지고 있는 것과는 반대로 이러한 스포크의 발달이 유아의 수준에 있는 사람은 세상을 농

담 반의 즐거운 곳이라고 생각하지 않고 오히려 커다란 비극의 세계라고 보고 있다. 그들은 생활의 안정을 확립하는 것과 세상의 일을 아는 것에 밤낮 부지런히 매우 애쓰고 있으므로 정말로 즐길 시간의 여유는 가지고 있지 않다.

세상에는 시민의 일원으로서는 발달한 수준에 있으면서도 어떻게 여가를 즐길 것인가 하는 것은 전혀 모르고 언제까지나 유아의 수준에 머물러 있는 사람이 의외로 많다. 소년기의 수준에 다다르면 이와 반대로 인생의 곤란과 일의 필요를 충분히 의식하고 있으면서도 이러한 중요한 현실을 피하여 세상을 놀이터라고 이해하려고 한다. 또 존경할 만한 시민이면서도 역시 놀기 위해서만 일하고 오락의 추구에 일생을 바치고 있는 사람이 적지 않다. 그들은 심리학적으로는 아직 소년기의 불완전한 수준에 머물러 있는 것이다.

필요에 따라 일하고 일하지 않을 때에는 논다고 하는 것이 보통 사람의 태도이다. 그들은 일하기만 할 뿐 여가를 활용하여 놀지 않으면 사람이 바보가 되어 버린다는 것을 잘 알고 있다. 이러한 사람의 오락은 대체로 수동적인 것으로서 그들은 오락에 의지하여 괴롭고 힘든 나날의 생활 속에서 달아나기를 원하는 것이다. 이 사실 자체가 반드시 심리적 죄악은 아니다. 놀 수 있는 것, 즉 현실의 세상에서 달아나 공상과 꿈의 세계에서 놀 수 있는 능력은 인간을 인간답게 하는 중요한 요소의 하나이다. 이와 같이 본래 비합리적, 비논리적인 오락은 비합리적이기 때문에 커다란 힘을 가지고 있는 종교와 마찬가지로 이 세상에 필요한 것이다.

완성의 수준에 이른 사람은 오락의 기능도 고도로 발달해 있다. 일과 놀이, 면학과 오락, 각성과 수면, 이것들과 관계된 완급의 호흡은 생활의 리듬에 중요한 역할을 차지하고 있다. 이 관계 가운데의 한쪽을 완전히 제거하고 다른 한쪽만을 성취하기는 불가능하다. 우리는 자연이 요구하는 한도를 넘어 항상 잠이 깨어 있으려고 해도, 자연은 우리를 육체적 또는 신경적인 질병의 형태로 철저히 통제한다. 우리가 일하기를 그만두고 놀기만 하려고 한다면 자연은 우리를 지루하게 함으로써 잘못에 경고를 해 준다. 또한 우리가 필요 이상으로 오래 잠을 자려고 하면 자연은 우리의 수면을 충분하지 않고 불안전하게 함으로써 경고를 해 준다.

우리는 일과 오락과의 완급의 리듬을 잘 조화시키는 것이 가장 긴요하다. 가장 탄력성과 변화가 풍부한 일에 종사하고 있는 사람이 평범하고 단조로운 일에 종사하고 있는 사람보다도 훨씬 행복한 것처럼, 다방면의 오락에 능통한 사람은 단 한 가지 오락밖에 모르는 사람보다도 훨씬 행복하다.

앞에 말한 바와 같이 많은 예능과 많은 재주, 즉 생활의 다변성을 강조하는 것이 나의 생활 철학의 일관된 사상이다. 이 사상은 내가 창의한 것이 아니라 고금의 철학자 모두가 지니고 있었던 것이다. 이것은 "모든 달걀을 모조리 한 바구니에 넣지 말라"고 하는 옛 속담에 아름답게도 표현되어 있다. 필요하다면 자기가 할 수 있는 일을 두 가지 이상도 가져야 하듯이 오락의 방면에서도 단 하나의 놀이 방법만을 알고 있는 것으로는 부족하다. 참다운 성공자는 고독할 때, 여러 사람과 함께 있을 때, 건강할 때, 병이 났을 때에도 육지나 바다에서 자신을 즐겁게 하는 방법을 알고 있다.

현명한 여러분은 여가를 적극, 소극의 양면의 행위에 이용하여 그것을 직업 생활의 보충으로 할 뿐만 아니라 더욱이 직업 생활 때문에 접촉할 수 없는 다른 활동 분야에 활용하는 수단으로 이용해야 한다. 적극, 소극의 양방면의 일이나 또는 오락의 방면에서 성공하려면, 될 수 있는 대로 광범위에 걸쳐 활동 분야를 발견해야만 한다. 하나의 일을 완전하게 이루고, 더욱이 훗날 직업을 바꾸어야 할 경우에 당황하지 않도록 또다른 보충적인 일을 가지는 것이 바람직하듯이, 오락의 방면에도 가장 자신 있는 오락과 심심풀이의 보충적인 오락을 가지는 것이 바람직하다고 생각한다. 물론 이상적인 성공자에게는 일이 곧 오락이며, 그들은 일 그 자체에 오락과 취미와 위안을 느끼고 또 직업 이외의 다른 일을 많이 가짐으로 사회 사람과의 친밀한 교섭을 즐긴다. 이러한 생활을 하려고 생각하면 그것을 할 만한 시간과 방법은 누구에게나 있는 것이다. 그렇지만 대개의 사람은 막대한 시간을 하는 일 없이 낭비하고 있다. 만약에 계획을 세워서 낭비되고 있는 시간을 각자에게 필요한 좋은 취미 혹은 오락을 배우는 데 이용한다면 얻는 바가 매우 크다는 것에 누구나 새삼스럽게 놀라고 말 것이다.

취미 생활에 성공하기 위해서는 독서, 예술, 수집, 연구, 수세공 혹은 공부 등과 같은 개인적인 취미와 마찬가지로 스포츠, 게임이나 클럽 등과 같은 사회적인 오락도 가져야만 한다. 연주회나 영화, 연극의 프로그램이나 기록의 수집도 특히 흥미가 있고 또 흔히 가치가 많은 취미이다. 어느 정당의 발전이라든지 과학의 어떤 방면에 진보라든지 또는 자신이 존경하는 개인의 진보라든지, 특별히 흥미를 가지고 있는 문제에 관한 신문기사의 스크랩 등을 모으는 것도 하나의 흥미 있는 취미가 될 수 있다.

친구인 의사는 이상한 취미로 온 세계의 스틱stick 콜렉션을 가지고 있었다. 그것은 그를 흥미 있는 사람이나 통신에 접속시켰을 뿐만 아니라 그가 만년에 큰 병을 앓아 생사의 위기를 만났을 때, 어느 중요한 박물관에 거액의 대가로 팔아 버림으로써 그는 무사히 위기를 극복할 수가 있었다. 취미 가운데 책의 수집은 특별히 흥미 깊은 취미이다. 책의 가치는 때가 지남에 따라 더하는 것이며 또 책은 고금의 위대한 사람과 서로 이야기하는 기회를 가져다주므로 고독한 생활의 좋은 도락일뿐만 아니라 사회적 취미이기도 하다. 책의 수집은 물론 일반적인 책이라도 좋고 특히 자신의 흥미 있는 분야에 관한 것이라도 좋다. 전문적인 정보를 지닌 책 수집을 하는 사람은 어디를 여행해도 누구와 이야기해도 항상 새로운 어떤 흥미를 느끼는 것이다.

다음으로 물건의 수집이 아니라 지식과 이해理解의 수집에 관한 취미가 있다. 이것은 허심탄회한 사람에게는 끝나지 않는 흥미의 세계이다. 그리고 허심탄회야말로 성공에 필수의 조건이기도 하다. 오늘날 세계의 진보 변천은 어지러울 만큼 빨라서, 이 점을 흥미와 관심을 가지고 주목하고 있는 것만도 이미 하나의 취미이다. 예를 들면, 나의 친구인 어느 예술비평가는 자동차의 디자인에 대하여 옛날의 마차를 모방한 구식의 볼품 없는 모양에서부터 오늘날 유행하는 탄환형이나 유선형에 이르기까지의 변화의 자취를 연구하고 있다. 그는 자동차가 만들어진 처음부터의 사진이나 모형을 모으고 있는데, 그

수집은 인류의 취미와 기술의 진보에 관한 흥미 깊은 기록을 이루고 있다.

대단히 흥미가 있고 특별한 장비도 필요 없으며 게다가 얻는 바가 매우 많은 도락으로 우주의 연구가 있다. 이 하늘 위의 황홀한 과학의 전당에 들어가려면 여러분은 다만 거리에나 공원에 가서 사계절 각각으로 변화하는 하늘을 바라보면 충분하다. 일반적으로 전문적인 과학은 연구하고 이해하여 감에 따라서 한없는 자극을 가져다주는 것이다. 현미경을 살 수 있는 사람에게는 동물학이나 식물학이나 발생학의 연구는 미지의 세계에 들어가는 황홀한 모험이다. 게다가 이러한 연구를 즐기기 위해서는 반드시 비용이 많이 드는 장치가 필요한 것이 아니다. 참고서 종류는 비교적 값이 싸고 도서관의 이용은 거의 무료이며 또 어떤 과학을 연구하고자 하면 언제든지 그 방면의 전문가가 흥미를 더하여 지도해 준다. 박물관이 있는 대도시에 살고 있으면 박물관은 개인이 전문 과학의 연구를 원조하기 위하여 온갖 편의를 아끼지 않는다. 우리의 주위에 있거나 또는 오늘날까지 있었던 어떤 종류의 주제를 연구하면 아주 재미있을 것이다. 그 중에서 두세 가지를 들면, 예컨대 의복이나 화장化粧 방법의 발달 역사가 있다. 문학의 발달도 매우 재미있는 연구 주제일 것이다. 심리학도 연구해 가면 갈수록 수확이 많을 것이다.

　다음으로 육체적 숙련과 활동을 필요로 하는 오락이 있다. 그것은 각종의 스포츠이다. 우리는 예를 들면 천문학과 같은 순전한 지적 취미와 골프와 같은 육체적 활동의 취미를 잘 조화시켜 가는 것이 바람직하다. 미리 여기서 한 마디 경고를 해두자. 놀이로서는 훌륭한 놀이지만 종종 생활 속으로 뛰어들어와서 생활의 중요한 부분을 차지하는 그러한 불행을 가져오는 오락이 있다. 내가 특히 말하고 싶은 것은 카드놀이와 장기이다. 본래 카드놀이나 장기는 훌륭한 오락이며 취미이다. 그것들은 때로 전문적인 문제를 제공하고 동료들과의 협동의 기회도 주지만, 불행하게도 사람들은 승패를 너무 중대시하게 된다. 시합의 승패가 생활의 부수적인 것인 동안에는 그것은 본래의 가치 있는 기능을 발휘하여 매우 좋은 것이지만 승패를 생활 그 자체보다도 중대시하게 되면 반대로 대단히 곤란한 것이 된다.

　승패는 인생의 부수물이지 인생 그 자체는 아니라고 생각되고 있는 한, 어떠한 종류의 내기라도 가치가 있다. 그렇지만 그것이 생활의 중요한 부분을 차지하여 승패가 자존심을 유지하는 기본 문제라고 생각하게 되면 그것은 벌써 사악한 것으로 일종의 정신병과 같은 것이 된다. 많은 존경할 만한 사람들이, 승리자가 마치 마음에 두지 않을 듯한 하찮은 내기에 졌기 때문에 그것이 원인이 되어 짜증내거나 아내나 아이를 학대하고 이웃을 무시하거나 위장병을 앓는 예를 가끔 보게 된다. 시합의 숙달이 생활의 숙달에 비례하는 것처럼 생각하는 것이 근본적인 잘못이다.

나는 어떤 시합을 상당히 능숙하게 하는 기량은 문명 생활에 동참하는 것이지만 너무 깊이 관여하여 월등히 향상되면 그는 이미 아마추어로서의 입장을 잃어, 말하자면 시합이 직업으로 된 사람이라고 믿는다. 물론 세상에는 시합을 가르치는 것을 직업으로 삼고 있는 사람도 있다. 이들은 시합에 숙련된 기량을 가지고 생계를 세워 갈 권리를 가지고 있는 것으로, 그들이 어떤 시합을 누군가에게 가르쳐 준다면 단적으로 말해서 그들은 사회에 유익한 시민이다. 내가 특히 말하고 싶은 것은 직업가가 아니면서도 직업가와 같은 태도로 시합을 생활처럼 중대시하고 있는 사람들을 말하는 것이다.

이와 관련하여 또 하나 충고를 한다. 인생 그 자체를 하나의 오락이라고 생각하여 항상 오락에 빠져 있는 것 같은 기분으로 지내는 사람이 있다. 그들은 여러 가지 오락에 숙달해 있어 마치 영양羚羊이 바위에서 바위로 옮겨 다니듯이 잇달아서 차례차례로 오락을 쫓아다니고 있다. 그들이 하나의 오락에서 다음 오락으로 전전하며 마음을 옮겨 다니는 것은 그들의 인생 자체에, 또는 유익한 일에 정말로 흥미가 없고 될 수 있는 대로 현실의 인생 문제로부터 달아나려고 애태우고 있음을 말해 준다. 능력 외로 지나치게 많은 오락이나 일은 결국 아무것도 하지 않는 것과 마찬가지로 좋지 않다. 그리고 중요한 생활 문제로부터 마음을 빼앗아 가는, 또는 인간으로서의 책임을 다하는 것을 방해하는 오락은 결코 오락이라고 할 만한 것이 아니고 깊은 실망의 조짐이며 자신의 열등감의 결과이다.

6장

감정적 발달

어려운 일을 만나서 용기를 잃지 않고
실패하면 순순히 실패를 인정하고
칠전팔기의 정신을 가지고 매진하지 않으면 안된다.

자신을 관리하고 통제하는 일이
인생에 있어서 가장 위대한
또 하나의 예술이다.

— 괴테

21

객관성이란

　인생 수레바퀴의 제2스포크의 네 개째, 즉 객관성의 스포크에 대하여 알아보자. 객관성이란 '인생을 있는 그대로 본다'는 것이다. 이 스포크는 어떤 의미에 있어서 모든 문제에 대한 열쇠이다. 그렇지만 그것을 간단한 말로 설명하기는 대단히 곤란하다. 여기서 우리는 객관성과 주관성, 용기와 비겁, 책임과 무책임, 독립성과 종속성 등과 같은 인생에 대한 일반의 철학적 태도에 관한 여러 문제에 부딪친다.

　먼저 객관성의 의의에 대하여 말하려고 한다. 누군가가 어떤 곤란한 문제, 예를 들면 시험에 직면한 경우 되도록이면 최대한 공부하고 준비를 하여 최선의 노력으로 훌륭히 합격할 확신을 가지고 시험에 임한다면 그는 시험에 대하여 객관적 태도를 가지며, 그의 행위에는 고도한 객관성이 있다고 할 수 있다. 이 경우 객관성이란 문제의 중요성을 잘 인식하고 상당한 준비를 게을리하지 않으며 용기를 가지고 해결에 나아간다는 의미를 담고 있다. 인간 행위의 세계를 지구라고 생각하고 객관성을 이를테면 북극이라고 부르자.

이와 반대로 전적으로 주관적인 사람이 같은 시험이라는 문제에 직면한 경우를 생각해 보자. 주관적인 사람은 시험과 그 중대성을 몇 십 배나 크게 생각하여 처음부터 이미 싸우지 않고 패배한다는 의식에 빠져들고 만다. 따라서 시험 준비의 공부를 하는 대신에 자기는 낙제하도록 운명 지어져 있다고 믿고 부질없이 탄식하고 슬퍼한다. 시험에 임했을 때에는 이미 낙제할 것이라고 스스로 자신에게 가르쳤던 것이므로 공포감으로 두려워 부들부들 떨며 자기의 온 기능을 어딘가에 두고 잊어버린 모양으로 알지 못하는 것은 물론 알고 있는 것까지도 답안지에 쓸 수 없는 상황에 놓이게 된다.

주관적인 사람의 또 하나의 형태는 시험의 중요성을 전적으로 과소 평가한다. 그는 시험을 전적으로 하찮은 것으로 생각하고 공부하는 시간을 골프나 당구나 혹은 댄스에 소비해 버린다. 그리고 무모한 용기를 과시하여 시험장에 들어가서 참으로 천박한 지식을 가지고 시험위원을 속이려고 시도한다. 주관성, 그것은 지구의 남극이며 그것은 또 소년의 특질이다. 그리고 객관성은 청년, 원숙한 사람의 마음이다.

다른 말로 말해 보자. 객관적 태도를 가진 사람은 어려운 일을 당하면 자신의 최선을 다하며 결과의 실패, 성공에 대해서는 완전한 책임을 진다. 반대로 주관적인 사람은 인생의 예측할 수 없는 사건에 대하여 자신은 어떻게도 할 만한 힘이 없다고 믿고, 운명의 강한 손에 쥐어져 있는 것이라고 느낀다. 인생의 게임에 있어서 객관적인 사람은 마치 배드민턴의 라켓과 같으며 주관적인 사람은 셔틀콕과 같다. 객관적인 사람은 자기의 행위에 대한 책임을 지고 주관적인 사람은 되도록이면 책임을 피하고 싶어 한다.

유아는 완전히 주관적이다. 세상을 자기 자신 속에 끌어들이고 그 위에 생존하고 있는 것이다. 그리고 자신의 생존에 대하여 아무런 책임도 느끼지 않는다. 유아는 성장함에 따라 점점 객관적인 방면으로 나아간다. 예를 들면, 만일 그가 불유쾌한 곳에서 떨어지고 싶으면 스스로 그곳을 떠난다. 청소년 시절이 되면 어느 정도의 책임감은 느끼지만, 그러나 역시 인생의 대부분의 문제에 대해서는 주위의 성인에게 의지하려고 한다.

세상 사람의 태도를 보면, 객관성과 주관성이 기묘하게 혼합된 양상을 드러내고 있다. 앞에 든 지구의 예를 들면 바로 적도赤道 가까이 있는 것이라고 할 수 있다. 그들은 의식주의 문제나 친구를 찾아내는 일이나 적에게 습격당했을 경우에 자기를 보호하는 일 등에는 스스로 책임을 진다. 그렇지만 국가나 공공사회의 문제에 대해서는 그 문제에 관하여 자기보다도 객관성이 있는 정치가들에게 책임을 전가하고 싶어 하는 것이 보통이다.

인격이 완성된 사람의 객관성은 정확한 자기 평가 위에 그 기초를 두고 있다. 그리고 정확한 자기 평가는 인생의 수레바퀴의 다른 모든 문제를 해결함으로써 비로소 얻을 수 있는 것이다. 따라서 사회 생활, 일의 생활, 성 생활, 여가의 생활 등 각각의 중요 스포크가 원만히 발달하면 할수록 그 사람의 객관성은 더욱더 확고부동한 것이 되어 간다. 그와 반대로 발달의 정도가 불완전하면 할수록 그 사람은 자기의 결점과 단점을 선반 위에 올려놓고 운명, 신, 시대, 유전 등을 원망하고 있다.

이렇게 생각해 보면, 완전한 객관성을 갖춘 사람은 좀처럼 있는 것이 아니다. 만일 있다고 하면 그 사람은 이미 신이거나 적어도 위대한 영웅이다. 그럼에도 불구하고 사람은 누구나 고도

한 객관성을 체득하지 않고는 인생의 성공은 기대할 수 없다.

객관성이야말로 실로 인간 생활의 가장 귀중한 소질로서 이른바 인간 도덕과 인간 행위의 왕관이다. 만약에 여러분이 지구의 적도선을 넘어 한 걸음씩 객관성의 북극으로 나아가고 있다면 여러분의 앞길에는 실로 행운이 평범치 않은 인생이 약속되어 있는 셈이다. 사소한 일에 금방 화를 내는 사람, 분노나 증오의 마음을 가슴에 감추고 있는 사람, 실의의 경우에 떨어지면 비탄에 잠겨 버리는 사람, 금력의 전능을 믿고 있는 사람, 요행을 바라며 기다리고 있는 사람—이런 사람들은 결코 객관성이 있는 사람이라고 할 수 없다.

참으로 객관성이 있는 인물이 되기 위해서는 여러분이 살고 있는 사회 일반을 잘 이해하고 그 건전한 판단력을 기를 뿐만 아니라 인생에 대한 독창적, 예술적 태도의 완성도 꾀하지 않으면 안된다. 어려운 일을 만나서 용기를 잃지 않고, 실패하면 순순히 실패를 인정하고 칠전팔기七顚八起의 정신을 가지고 매진하지 않으면 안된다. 사상, 결단력, 행위 등에 있어서 독립적이어야 한다. 이웃의 간섭에 대해서는 어디까지나 자유로워야 하지만 그와 동시에 동정과 관심의 끈으로 이웃과 꼭 결부되어 있어야만 한다.

객관적이기 위해서는 자신의 능력의 한계를 잘 알고, 온갖 종류의 콤플렉스로부터 자유로워야 한다. 객관성을 갖춘 사람은 인생 자체의 위대한 신비성 앞에 섰을 때 외에는 마음에 아무런 걱정도 두려움도 없을 것이다. 날마다 삶도 기쁘고 죽음도 즐거운 경지가 있다. 그들은 그 날의 일에 열중하고 놀 때에도 열중하여 즐긴다. 이들은 이웃의 안녕 복지에 대해서도 늘 책임과 관심을 가진다. 그들은 또 유머를 이해한다. 실패한 자신을 보고 껄껄 크게 웃고 나서도 역시 최선의 노력을 계속해 갈 것이다. 역경에도 의연히 서고, 성공을 탐하지 않고 인내심이 강하며, 심경은 항상 마음이 넓고 쾌활하며 시원스러워 마음 깊은 속에는 항상 낙천적인 소질을 잃지 않는다. 만일 그들이 비관하였다고 하더라도 자신의 환경을 보다 살기 좋은 장소로 하도록 시도할 만한 낙천성은 잃지 않을 것이다.

국민, 갓난아기, 하인, 위인, 지도자 등등 모두가 객관적 인격자를 존경한다. 객관성을 갖춘 사람은 지위나 계급의 숭배자가 아니다. 교육의 정도나 사회적 인격의 발달 정도 여하를 불문하고 사람은 누구나 객관성을 가질 수가 있으나, 가장 훌륭하고 고원한 객관성은 저절로 다음과 같은 사람들 중에서 발견된다.

즉, 충분히 교양이 있고 사회 일반을 잘 이해하며 생활의 수단은 성공의 인생을 창조하는 예술이라고 보는 사람, 이러한 사람들 중에서 발견되는 것이다.

객관적 인격자가 되기 위해서는 여러분은 이 세상의 사악이나 암흑을 배제하기 위하여 적극적으로 정력을 집중해야만 한다. 개인적인 증오나 원한에 쓸 만한 시간 같은 것은 조금도 가지지 않았을 것이다. 오직 질병, 전쟁, 나태, 무지, 타락만을 미워해야 한다. 인간의 약점을 순순히 인정하고 그것을 개선하여 보다 더 완전한 것으로 하기 위해서 최선의 힘을 아껴서는 안된다. 객관적 생활 태도의 완성이야말로 실로 인간 노력의 최고 목표이다.

22

문학과 예술

문학과 예술에 대한 이해는 생활의 완성을 바라는 사람에게 대단히 중요하다.

세상에는 문학에 대해서는 해당 국가 언어의 기초적 내용을 알고 있으면 충분하기에 그 이상을 알 필요는 없고, 또 예술은 자기들의 일상 생활과는 전혀 인연이 멀게 느껴져 그 방면의 전문가에게 맡겨 두면 된다고 생각하는 사람이 있다.

인간의 역사 초기로 거슬러 올라가 모든 변설辯舌, 자기 표현이 어떠한 형식의 것이든 반드시 두 가지의 커다란 인간적 필요에 의해서 창시된 것임을 우선 인정하지 않으면 안된다. 하나는 생존의 필요—자기 보존의 법칙, 다른 하나는 사랑의 필요—

종족 보존의 법칙에 의해서이다. 영장류 또는 다른 포유동물을 조금 연구하면, 그들이 먼저 최초로 발하는 소리가 동료의 도움을 부르고 사랑을 이끌기 위한 것임을 쉽사리 발견할 수가 있다.

인간은 다른 동물에 비해서 힘이 약하고 또 자기 보존과 종족 보존에 관해서 상호 간에 서로 의존하는 정도가 현저히 높기 때문에 그 과정에 언어가 발달하여 완전의 독특한 기능으로서 발달한 것은 결코 우연이 아니다. 언어는 개인과 사회를 연결하는 황금의 다리이다. 언어에 의한 소통이 없다면 사회는 존재할 수 없고 사회가 없는 개인은 존재할 수 없다. 나는 심리학자로서 인생 완성의 수단으로 언어의 중요성을 아무리 강조해도 만족하다고 생각지 않는다.

참다운 성공자로서 자신의 시골 사투리밖에 알지 못하는 사람을 본 일이 없을 것이다. 문학, 음악, 그림, 조각, 무용, 시, 연극 등 언어의 특별한 형식인 이러한 다양한 방법을 사용하여 타인과 소통하는 능력이 없는 성공자는 아직까지 본 일이 없다. 화가는 그림물감을 가지고 말하고 조각가는 의미 깊은 갖가지 조각 형식으로 말하며, 무용가는 리듬의 연쇄를 가지고 말하고, 시인이나 음악가는 그들이 배운 특별한 방식에 의하여 말한다. 시와 연극, 그리고 무용에도 아무런 흥미가 없다는 사람이 있다면, 그는 가장 완고하고 어두우며 고루한 이기주의자이거나 인생의 실패자이거나 불행하게도 속 좁고 내향적인 아주 목석 같은 사람이다.

상당히 많은 지식을 습득한 사람은 문학과 예술의 문제에 관하여 단순히 약간의 감상안을 가지는 데 그치지 말고 더욱더 자신의 내면 생활에 문학과 예술의 소양을 심화해 가는 것이 한층 중요하다는 것을 깨달아야 한다. 먼저 첫걸음으로서 자신의 나라 말을 잘 알고 완벽히 말하는 것부터 시작하는 것이다. 진보한 사람은 단순히 위대한 사람의 저작물을 읽고 이해할 뿐 아니라 모국의 나라 말을 가지고 자신의 의사를 명확하고도 논리적으로 표현할 만한 능력을 가져야 한다. 세계에서 가장 널리 사용되고 있는 영어에 대한 기본적인 소양이 없다는 것은 성공을 위해 노력하는 길 위에 가로놓인 커다란 장애물이다. 알지 못한다는 것은 치욕은 아니지만, 오늘날과 같이 교육을 싼 값으로 배울 수 있고 무지에 대한 구원의 손을 아주 가까이 내밀고 있는 시대에 언제까지나 무지하다는 것, 특히 모국의 언어나 문학에 무지하다는 것은 확실히 하나의 죄악이다.

자신의 나라 말을 잘 기록할 뿐만 아니라 능숙하게 말하는 것도 배우지 않으면 안된다. 그러기 위해서는 항상 유명한 작가의 책을 낭독하는 것이 좋다. 문명인의 자랑의 하나였던 낭독의 기술은, 현대에는 좋은 화술의 발달을 위하여 친구들이 고전을 서로 낭독하는 것을 듣기보다도 라디오를 듣는 편이 훨씬 편리해졌기 때문에 상당히 쇠퇴하고 말았다. 정신 생활의 분야를 개척하여 영어나 영문학의 아름다움을 한층 깊이 배우기를 바라는 사람을 모아서 클럽을 만드는 것도 재미있다. 그리고 한 주간에 한 번쯤 회합하여 좋은 잡지나 신간 도서의 어느 부분을 서로 낭독하는 것도 좋다. 이런 식으로 하면, 여러분은 동시에 다방면으로 걸친 성공의 길을 걷게 될 것이다. 즉, 책을 쓴 위대한 사람의 정신과 사귀는 이익을 얻을 뿐만 아니라 공통의 목적과 공동의 목표에 의하여 단단히 맺어진 사람들과 사회적인 관계를 발달시킬 수가 있다.

영어권 나라의 특징 중에 하나는 그들의 문화가 영국과 매우 밀접한 관계에 있다는 사실이다. 그렇지만 이것은 일면 커다란 약점이기도 하다. 영국인이 대제국의 건설자라는 것 때문에, 그들의 국어가 여러 외국인에게 외면할 수 없는 세력을 가짐으로서 영국인이나 미국인은 자신의 영어에 집착하여, 다른 나라 말을 배우려고 하는 경향이 적다. 과거의 시대에 대영제국이 다른 국민으로부터 고립의 존재를 유지하고 자국 안에서 독자적인 문화가 발달을 이루던 시대에는 대륙 여러 나라의 언어, 사상, 감정을 배우는 것은 그다지 필요치 않았다. 그러나 오늘날에는 정세가 일변해 있다. 미국, 영국, 기타 어떤 나라에서나 이미 '영광의 고립'을 계속할 수는 없다. 모든 나라는 앞으로 점점 서로 접촉하는 범위를 확대시켜 나아가기 때문에 성공하려고 하는 지식인은 단순히 자신의 나라 말을 배우기만 해서는 안된다. 영어권 국가에게는 영어가 다른 어느 언어보다도 뛰어나 세계적 언어로 통용되는 경향이 있지만, 그럼에도 불구하고 영어만으로는 안된다. 성공의 인생을 획득하려면 적어도 이웃 나라의 국어나 사상에 정통해야 할 필요가 있다. 프랑스, 독일, 이탈리아, 스페인 등의 언어는 배우면 굉장한 유익이 있을 것이다. 외국어의 몇 마디 말을 알고 문법 구조를 조금 안 것만으로도, 몰랐을 때보다 상당한 진보이다. 왜냐 하면, 어떤 하나의 외국어를 알고 있으면 그 언어가 쓰이고 있는 나라를 방문하고 싶은 욕망이 일어난다. 또 만일 여러분이 독일인이나 프랑스인에게 "안녕하세요?"라고 밖에 말할 수 없어도, 이미 그들과의 정신적 우호 관계의 실마리를 얻은 셈이다. 외국어로 한 마디 인사라도 들은 외국인에게는 대단한 호의로 인상에 남고, 이리하여 서로 간의 친밀과 협동의 정신이 촉진되는 것이다.

　대체로 지식인, 문화인, 성공인이 되고자 하는 사람은 적어도 하나의 외국어를 습득하여, 일상에 필요한 약간의 회화나 간단한 책, 신문, 잡지 정도는 읽을 만한 소양을 쌓아 두어야 한다. 외국어의 습득은 생활 완성의 계획에 필수적 요소이다. 영어권 국민은 영어의 아름다움과 영문학이 세계의 문화에 기여한 커다란 공적을 잊어서는 안된다. 불행하게도 셰익스피어, 초서, 키츠, 밀턴, 롱펠로, 에머슨 등의 유명한 작가의 이름은 그들이 태어난 나라에서보다도 오히려 외국에서 더욱 유명하다.

우리는 때로는 남이 가지고 있는 보석의 가치를 너무 과대하게 평가하고 자기의 보석을 너무 과소 평가하는 경향이 있다. 즉, 남의 꽃이 자기의 꽃보다 붉게 보이는 심리현상이다. 문학적 입장과 심리학적 입장에서 다시 한 번 셰익스피어의 불후의 희곡이나 영어권 작가에 의하여 쓰인 불멸의 작품을 재인식할 필요가 있다. 학교 시절에 읽고 그 뒤 잊어버리고 있던 이러한 작품은 성장하고 진보한 뒤에 읽으면 새로운 가치를 발휘하는 것이다. 학교 시절에는 이러한 작품도 정말 다소간에 별로 유쾌하지 않은 학문의 일이었는지도 모른다. 그렇지만 이제는 성년에 다다른 인간으로서 마음과 눈을 개인의 아주 가까이에 있는 이러한 보물에 기울여야 할 때이다. 셰익스피어를 다시 한 번 읽은 것만으로도 지금까지 깨닫지 못했던 훌륭한 교훈을 얻을 수 있을 것이다.

음악, 그림, 조각, 무용, 연극 기타의 일상 생활 속에 문화적 예술이 일부의 부유층이나 권력자의 독점물이라고 생각하던 시대는 이미 오래 전에 지나갔다. 오늘날에는 이러한 예술은 그것을 이해하고 이용할 만한 지식이 있는 사람에게 다양하게 개방되어 있다.

예를 들면, 음악의 경우를 생각하여 보자. 음악의 세계야말로 세계에 일찍이 그 존재를 보지 못한 대공화국이다. 음악가와 음악 애호가는 설령 지구의 끝과 끝에 살고 있어도 친한 형제로서 서로 함께 선율의 궁전에 공손히 절할 수가 있다. 나는 일찍이 알프스의 쓸쓸한 산막에서 크리스마스를 지낸 일이 있다. 물론 나는 그때 다른 나라에 있는 외국인이었다. 거기에 있던 사람들은 모두 나에게는 마치 이해할 수 없는, 귀에 익지 않은 말을 이야기하고 있었다. 나는 혼자서 다른 나라 사람으로서, 알프스의 산장에서 겨울 휴일을 즐기고 있는 다른 등산객과는 마치 별도의 외토리 존재와 같은 생각이 들어 어쩔 수가 없었다. 어느 날 밤 산장에 앉아서 몇천 리나 떨어진 고향일을 생각하고 있을 때에 같은 산장에 있는 누군가가 배낭에서 하모니카를 꺼내어 모차르트 곡의 단순한 선율을 연주하기시작하였다. 문득 생각하고 귀를 기울이고 있자 새로운 광명이 귀에 들어오는 듯한 느낌이 들었다. 내가 그 곡의 이름을 연주자에게 말하자마자 그의 귀에도 우정의 빛이 들어가, 우리는 아주 지독히 서투른 말 밖에 이야기를 할 수 없었는데도 불구하고 그 사이에 곧바로 우애의 감정이 우러나왔다. 그때 이후로 그와의 서먹했던 감정은 완전히 사라져 버리고, 이 이탈리아 등산가와의 자라난 친근한 사귐은 일생을 통하여 가장 유쾌한 추억의 하나가 되었다.

좋은 음악을 즐기기 위해서 반드시 자신이 악기를 다뤄야 할 기술은 필요 없다. 음악은 이전에는 부자의 장난감 정도로 여겨졌지만 오늘날에는 아무리 가난한 초심자라도 음악방송 시간에 라디오의 다이얼을 살짝 돌리기만 하면 자신의 것으로 만들 수가 있다. 손가락을 라디오의 다이얼에 대기만 하면 세계 각국의 다양한 음악을 앉아서 들을 수 있다. 음악은 어떤 의미에 있어서 국제어이다. 고국을 떠나 다른 나라를 여행하고 있는 사람이 어디선가 문득 모국의 음악을 들었을 때에 비할 데 없는 그리움을 느끼고 절실히 귀담아 듣게 된다. 따라서 음악이야말로 번역도 사전도 필요 없는 국제어인 셈이다. 성공하려는 사람은 문학에 관한 지식과 마찬가지로 음악에 관한 역사 정도는 알아 두어야 할 것이다. 성공하려는 사람이 셰익스피어의 희곡도 읽지 않았다고는 믿어지지 않기 때문이다.

또 베토벤이나 바흐, 브람스, 바그너 등의 고전 음악가의 명곡에 대하여 전혀 무지하다고 생각되지 않는다. 각국은 각각 독특한 정신을 음악의 세계에 표현하고 있는데, 음악은 음악 그자체의 특질상 음악 애호가 사이의 국경을 초월한 정신의 교류에 의하여 세계 인류의 친밀과 세계의 평화에 매우 많은 것을 공헌하고 있다고 할 수 있다.

어학과 음악에 대하여 말한 것처럼 마찬가지로 일반 예술에도 통용된다. 여러분 가운데에는 다음과 같이 말할 수 있을지도 모른다.

즉, "우리에게는 생활을 위한 활동만으로도 상당히 바빠서 하루의 일을 마치면 완전히 지쳐 버려서 외국어나 음악이나 일반 예술을 이해할 시간의 여유가 없다."

마침 이런 불평으로 투덜거리고 있는 환자 한 사람과 이 문제를 면밀하게 검토한 일이 있다. 먼저 활동의 시간표를 만들어 보고, 그가 전혀 쓸데없는 일에 하루 3시간 내지 4시간을 낭비하는 것을 발견하였다. 그래서 새로운 시간표에 정확하게 따름으로써 그는 지금까지 전혀 불가능이라고 생각하고 있던 바의 많은 연구를 완성할 수가 있었다. 또 어떤 환자는 직장에 출퇴근하는 왕복 30분의 시간을 이용하여 프랑스어를 공부함으로써 휴일에 노르망디로 나가서 하루를 유쾌하게 지낼 만한 완전한 숙달을 보였다. 집에서 직장까지의 편도 15분의 짧은 시간은, 그전에는 그저 정처 없이 거리의 광고를 바라보기도 하고 같은 보행자의 구두 끝을 보고 지냈지만, 이제는 중요한 의미를 지닌 날마다 행복한 일의 하나가 되었던 것이다.

하버드 대학의 전 총장 엘리어트 박사는 세계의 고전문학을 모은 다섯 개 다리가 달린 서가를 안출하여, 밤마다 자기 전에 15분씩 읽는다면 오늘날까지 쓰인 세계의 저명한 문학에 대략 정통할 수가 있다고 말하였다.

나는 어떻게 하면 여러분과 세계의 사람들을 잇는 다리를 만들 수 있는가 하는 것을 가르쳐 주려고 한다. 그러려면 프랑스어를 공부하는 것, 음악을 공부하는 것, 조각에 정통하는 것, 산스크리트에 정통하는 것, 연설을 연구하는 것, 그것은 특별한 차이는 없고 오로지 개인의 취향에 맡기지만, 다음의 것만은 틀림없는 사실이다. 문학이나 예술이나 자신의 나라 말과 함께 더욱 어느 외국어에 흥미와 이해를 가졌다면 당신이 사는 세계의 일에 대한 지식을 증진하고 동시에 온 세계에 사는 사람들과 서로 관계하는 정도를 한층 증진할 수가 있다는 것이다.

세계의 사람들과 서로 관계하는 정도가 긴밀하면 할수록 당신의 인생은 훌륭하고 생활은 즐거운 것이 되어줄 것이다. 따라서 당신은 생활 완성의 설계도를 그릴 때에 문학이나 일반 예술에 대한 이해와 관심이 가장 중요하다는 것을 충분히 고려해 넣지 않으면 안된다.

역사와 과학

사회적 생활의 스포크에서 잘못된 지식과 편견을 버려야 하는 분야가 역사와 과학이다. 문학과 예술에 대하여 언급한 사항을 고스란히 그대로 역사와 과학의 영역에도 적용할 수가 있다. 우리가 사는 세계를 이해하려면 먼저 과거의 역사를 알고 배우지 않으면 안된다.

인류와 동물의 서로 다른 점의 하나는 인간은 역사를 가지고 있다는 것이다. 동물은 오직 생물학적 존재를 유지하는 데 불과하다. 예를 들면 개는 조상의 경험으로부터는 아무런 이익도 얻지 못한다. 오직 조상으로부터의 관습에 의하여 머리를 쓰는 방법과 몸의 구조가 약간 영향을 받을 뿐이다. 한편,

인간은 역사를 가지고 거울삼아 선조의 실패나 성공의 자취를 보고, 그것에 의하여 타산지석他山之石으로 삼는 특권을 가지고 있다. 성공하기 위해서는 무엇보다도 먼저 이 세상에 어떤 일이 일어나고 있는가를 이해해야 한다. 오늘날 우리는 참으로 갖가지 잡다한 문제에 둘러싸여 있다. 파시즘, 민주주의, 공산주의의 세 가지 이즘ISM으로 대표되어 있는 정치상의 여러 문제, 생산과잉, 소비감퇴, 이윤분배, 운임 등과 같은 경제상의 문제, 인간 애증의 갈등에서 빚어지는 여러 가지 사회 심리적인 문제, 한 민족의 다른 민족에 대한 공포와 몰이해에서 일어나는 민족 간의 문제 등이 대표적인 예이다.

오늘날 경제계의 상태를 이해하려면 그것이 봉건주의와 산업혁명과 같은 전혀 상반된 두 가지가 인간 운동의 직접적인 결과라는 것을 알아야 한다. 실직한 이웃 사람의 심리를 이해하려면 과학의 진보가 우리에게 대량생산할 수 있는 기계 제작으로 인하여 직접적인 실업의 문제를 가져왔다는 것을 먼저 이해하고 시작하지 않으면 안된다. 오늘날에는 석유 램프나 양초 대신에 전등을 사용하는 고마움을 생각하는 사람은 좀처럼 없을 것이다. 대부분의 사람은 눈앞에 역사의 진행을 바라보고 만족하고는 있지만 그러면서도 자신들의 행위가 역사의 진행에 얼마만큼의 기여를 하고 있는지는 더욱 알지 못한다.

인류 진보의 문제 가운데 가장 중요한 것의 하나는 사회 제도와 정치 체제의 진화의 문제이다. 오늘날 성공하기를 원하는 사람이 인류의 행위와 노력을 역사의 초기에까지 거슬러 올라가 생각해 보는 것은 매우 흥미가 있는 동시에 유익한 일이기도 하다.

오늘날에는 유명한 주요 신문 잡지의 대부분은 과학의 진보에 공헌하기 위한 특별 기사란을 마련하기 아까워하지 않고 또 과학의 연구와 진보를 도모하기 위해서 다양한 종류의 많은 잡지가 간행되고 있다.

성공적인 삶을 원하는 사람은 과학의 진보에 관하여 적어도 지식과 관심은 가져야 한다. 과학의 진보가 일반 문명에 혁명적 변동을 가져다주는 것은 여러 차례의 전쟁이나 정치적 혁명 이상이다. 코페르니쿠스는 천문학의 학설을 가지고 중세기의 문화에 혁명을 가져다주었다. 제임스 와트는 증기기관의 발명에 의하여 산업혁명과 그에 수반하는 모든 사회 기구의 변혁을 가져왔다. 알베르트 아인슈타인은 상대성원리의 학설로 과학계의 철학적, 종교적 기초 개념에 일대 변혁을 가져다주었다. 화학계·의학계·생물계·심리학계의 일진월보하는 진운에 주의의 눈을 기울이기를 게을리하는 것은 어리석은 낙오자가 되는 첫걸음이다. 그렇지만 이 사실은 반드시 과학의 각 분야에 걸쳐 전문가적인 지식을 가지라는 뜻은 아니다. 현명한 사람이라면 항상 그런 마음가짐을 가지고 있다면 신문, 잡지를 통하여 과학계의 심원한 문제를 자주 용이하게 파악할 수가 있다. 참으로 역사와 과학은 인생의 두 가지 중요한 계율로써 성공자가 완전한 인생을 만들어 내기 위한 도구의 주요한 일부여야만 한다.

유아는 민족이나 문화의 역사, 또 그것을 가져온 과학적 성과에 대해서도 전혀 나와는 아무런 상관없다는 태도를 보인다. 청년은 강제로 마지못해 배우지만 대체로 자발적인 자유로운 연구의 중요성을 인식하고 있지 않다. 그들은 아직 권위에 대하여 노예와 같은 영역을 벗어나지 않았다. 과학과 역사에 대하여 조금 알고 약간의 관심을 가진다는 것이 이보다 한 걸음 나아간 일반인의 태도이다. 인생을 완성할 수 있었던 성공자는 인간의 무지한 장막을 제거하고 인류를 괴롭히는 죽음이나 재해의 폭력을 격퇴할 만한 과학적 방책과 세계의 움직임을 이해하기 위해서는 될 수 있는 대로 다양하게 읽고 최대의 노력을 아끼지 않는다. 위대한 사람은 역사의 움직임과 과학의 새로운 발견과 지식을 종합하여 인류의 영광과 개인 생활의 만족을 창출하기 위하여 사용한다.

이제 여기까지 인생 수레바퀴의 가장 중요한 부분을 모두 마쳤다. 반드시 미래의 인생을 위하여 좋은 지침이 될 것이다. 나머지 부분에 대해서는 지금까지 아주 세밀하게 언급한 주장을 각자 응용하여 주기 바란다. 인생 수레바퀴의 주요 스포크의 하나하나를 문제 삼아 사회적 협동 정신의 발달과 개인과 사회와의 의존 관계를 지금처럼 상세하게 논하기는 시간이 충분하지 않다.

인생의 성공을 거두려면 성공 탑의 기초는 사회적 유용성이라는 것에 잠시도 마음의 눈을 떼어서는 안된다. 사회인으로서의 생활 완성이 없이는 개인의 생활 완성은 있을 수 없다. 개인 완성의 첫째 법칙은 곧 사회적 협동 정신에서 출발하기 때문이다.

24

창조적 본능

어느 누구에게나 보통 창조적 본능이라고 부르는 어떤 종류의 신성神性이 여러 가지 방면으로 나타난다. 성공하기 위한 가장 중요한 요소의 하나는 확실히 나타나는 창조적 본능에 적당한 발달의 길을 열어 주는 것이다.

이 목적을 위해서 인간의 역사가 시작된 이래 모두가 예술에 흥미와 관심을 기울여 왔다. 모든 예술의 에센스는 그 예술의 소재가 되는 원재료를 의미 깊은 모양으로 바꾸는 것이다. 음악은 우리 주변에 있는 여러 가지 소리를 모아서 선율과 조화로 만들어 낸 것이다. 그림은 자연이나 인생에서 주제를 정하여 우리가 본 것과 같이 다른 사람에게 보이도록 재현한 것이다. 무용은 우리의 감정을 리드미컬한 근육의 운동으로 연결한 것이다. 저술은 우리의 경험을 독자에게 알리기 위하여 문자로 쓴 것이다. 재봉이나 자수와 같은 손끝의 재주든 음악이나 조각이나 무용과 같은 예술이든 무릇 예술이라는 이름이 붙는 것은 그것이 어떤 것이나 자기를 초월한 어떤 목적을 위하여 자신을 거의 종교적으로 바치는 매개자이다. 여기에 예술의 정수精髓가 있고 예술의 중요한 근본이 있는 것이다.

예술적 측면의 발달을 등한히 하는 사람은 그의 내부에 있는 신성의 번득임을 유린하는 사람이며 결코 인생의 성공자가 될 수 없다. 인생을 완성한다는 것도 확실히 하나의 예술이다. 그리고 내가 제안한 것을 실행하고 있는 여러분은 화가나 음악가가 각각의 전문 예술 분야에서 얻는 것과 같은 일종의 예술적 만족감을 얻을 것이다. 그렇지만 그와 동시에 어떤 전문적인 예술을 전공하는 것은 생활 예술에 하나의 중요한 요소이다.

예술가인 것은 창조적인 의미로 볼 때 이중의 기쁨을 주는 것이다. 첫째로 원재료를 디자인대로 만들어 내는 기쁨이 있다. 예술의 길에 진보는 그것이 아무리 단순한 것이라 할지라도, 또 복잡한 것이라 할지라도 대단한 만족감을 주는 것이다. 이 사실이 동시에 인생 완성의 근본적 요소이기도 하다. 둘째의 기쁨은 예술을 통하여 이웃과 교제하고 그들에게 즐거움을 준다고 하는 순전한 사회적 만족감이다.

예술가의 철학은 실업가의 철학과는 근본적으로 다르다. 실업가가 모든 문제에 대하는 태도는 "얼마나 이익이 있는가?"이다. 이와 반대로 예술가는 배당금보다도 투자하는 것에 보다 커다란 흥미를 가지고 있다. 사실 흥미는 투자 그 자체 속에 있는 것이다. 예술가가 작품을 대하는 태도는 "어떻게 하면 온 정신을 일에 쏟아 넣을 수 있는가?" 하는 문제이다. 비록 그가 직업적 예술가이며 예술에 의하여 생계를 지탱하고 있는 사람일지라도 이익은 항상 후차적인 문제로 여긴다. 이러한 마음은 일상 생활에서 이익의 목적만을 염두에 두고 예술의 세계에는 얼마나 커다란 기쁨이 있는지를 모르는 사람에게는 어쩌면 믿어지지 않을 정도일 것이다.

대부분의 사람은 자기는 예술에 대하여 재능이 없다고 간단히 생각하고 정말로 재능이 있는지 없는지를 시험해 보려고도 하지 않는다. 예를 들면, 한 어린아이가 걷는 재능도 없고 자전거를 타는 재능도 없고 헤엄치는 재능도 없다고 스스로 믿고 있는 경우를 상상해 보아라. 이러한 전제를 출발점으로 하고 게다가 그 전제를 진실이라고 믿고 행동한다고 하면, 이 어린아이는 이런 것들을 배워 익히려고도 하지 않을 것이며, 마지막에는 자기의 무능력을 더욱더 굳게 믿게 될 것이다. 그는 절대로 걸어 보거나 자전거를 타고, 헤엄쳐 보려고 시도하지 않고 10년, 15년 뒤에도 역시 자기는 걷는 재능도 자전거를 타는 재능도 없는 것이라고 말하고 있을 것이다. 별난 예일는 지도 모르지만 이와 비슷한 태도를 가진 사람을 세상에서 얼마든지 볼 수 있다.

어린아이들을 보고 있으면 그들이 훌륭한 예술적 재능을 보이는 데에 우리는 우선 놀란다. 분명히 저능이 아닌 한, 모든 어린아이는 모두 예술가이다. 그들은 이야기를 창작한다. 그런데 부모들은 흔히 어리석게도 그것을 엉터리 거짓말이라고 생각하거나 치부해 버린다. 그들은 또 찰흙이나 진흙으로 초상을 만들기도 한다. 이것들은 모두 예술적 재능의 싹틈이다. 이 원시적인 예술 의욕의 싹을 열매를 맺는 데까지 성장시키는 어린아이가 적은 이유는, 그들에게 재능이 없어서가 아니라 연장자들이 스스로 하려는 용기의 결핍과 겁이 많음을 어린아이들에게 감염시켜 버리기 때문이다. 이러한 경과를 자주 보았고 나에게로 오는 환자나 학생들의 이야기를 듣고 훌륭한 재능을 발휘한 예도 많이 있다.

여러분이 인생에 제아무리 깊이 실망해도, 또 예술적 표현의 재능이 빈곤함을 탄식해도 예술적 재능이라는 것은 항상 여러분 속에 잠자고 있으며, 그것을 불러일으켜 기르고 발달시키면 반드시 아름다운 꽃을 피울 수 있다는 것을 믿어 주기 바란다. 필요한 것은, 우선 해 보는 용기와 실패를 두려워하지 않는 용기이다. 내가 성공으로 이끌어 준 사람들의 대부분은 처음에는 모두 다음과 같이 말했다. "세상에는 뛰어난 피아니스트가 얼마든지 있는데 새삼스레 내가 피아노를 공부하여 대체 무슨 소용이 있겠습니까?"라고. 또 "어째서 조각 같은 것을 할 필요가 있는가? 세상에는 이미 많은 뛰어난 조각가가 있지 않은가?"라고. 그들의 용기를 꺾는 비밀의 열쇠는 이 '뛰어난'이라는 한 마디이다.

예술적 욕구나 표현에서 기쁨을 끌어내는 데는 결코 그 예술이 '뛰어날' 필요는 없다. 피아노 앞에 앉아서 간단한 곡조라도 치고 깊은 기쁨을 맛보기 위해서는 반드시 파데레프스키나 슈나벨 같은 명인일 필요는 없다. 찰흙으로 애완견의 형상을 만든다든지 이웃 어린아이의 간단한 초상이라도 만들어 즐기기 위해서 엡스타인이나 로댕 같은 대가일 필요는 없다. 뜰의 화초나 테이블 위의 정물을 사생하여 즐기려고 반드시 게인즈버러, 반다이크, 홀바인 같은 뛰어난 화가일 필요는 없다. 예술적 법열法悅은 예를 들어 화가라면 그림의 훌륭한 솜씨에 대한 세간의 평판에서 얻어진다기보다도 오히려 그림을 그리는 것 그 자체 속에서 얻어지는 것이다. 예술적인 길로 들어가려고 하지 않는 사람의 대부분은 세간의 비평이나 실패를 두려워하는 열등감에 지배되고 있기 때문이며 '예술가'이고자 하기보다는 '위대'하고자 하기 때문이다.

모든 예술 작품의 아름다움과 예술의 도락으로서 가장 좋은 것은 한 번 그 길로 들어가면 영구히 이제 안주하거나 만족하는 일 없이, 살아 있는 한 그 길을 즐기고 노력하는 것을 기뻐할 수가 있다는 점이다. 하지만 다른 도락에는 흔히 한계가 있다. 어떤 지역에 있는 모든 나비를 모으려고 하는 도락이라면 그 일은 언젠가 완료되는 때가 오지만, 세상의 모든 그림을 그리거나 소설을 쓰거나 음악의 곡을 다 작곡해 버리는 것은 영구히 있을 수 없다. 예술적 창조의 한계는 참으로 온 우주이다. 인생 설계도의 일부에 무엇인가 예술적인 도락을 그려넣는 일이 필요하다는 것을 항상 열심히 강조하는 이유의 하나는 여기에 있다.

실생활에 도움이 되는 간단한 수세공과 기술에 뛰어난 것도 막대한 기쁨을 가져다주는 것이며 또 인생에 성공할 수 있는 하나의 요소이기도 하다. 이러한 수세공의 기술도 어떤 의미로는 예술의 계통에 속하는 것으로, 이 방면에 숙련되려고 생각하고 있는 사람이나 세공품 만들기를 좋아하는 사람에게는 참으로 커다란 만족을 가져다주는 것이다. 예를 들면, 자동차의 엔진도 이 방면에 대한 흥미를 일으키는 기회를 많이 가지고 있다.

친구 중 유명한 외과의사는 자동차의 엔진을 만지는 것을 무엇보다도 즐거움으로 삼고 있었다. 수술실에 그의 모습이 보이지 않을 때에는 반드시 차고에 있을 것이라고 생각하면 틀림없을 정도였다. 몇 대의 자동차를 가지고 있는지는 모르지만 한 번이라도 그의 소유물이 된 자동차라면 적어도 두세 번은 그의 손에 분해되고 조립되지 않은 것이 없었다. 그에게는 엔진의 가진 멋진 기계미에 넋을 잃고 보는 것은 힘든 외과수술의 긴장 상태에서 해방이었다. 다행히도 해변에 살고 있는 사람이라면 이것과 같은 흥미를 보트에서 발견할 수가 있다. 엽총이나 낚싯대도 니므롯(성서에 나오는 노아의 자손, 사냥의 명수)이나 아이작 월튼(낚시의 명인, 《조어대전釣魚大全》의 저자)의 뒤를 따를 만한 사람에게는 대단히 재미있는 도락의 대상일 것이다.

여성에게는 가정 안에 재봉, 요리, 가계, 기타의 수예手藝가 얼마든지 있다. 이 세상의 일은 거의 모두 마음가짐에 따라서 예술이 되기도 하고 때로는 그것이 대단한 가치를 가지게 되는 것이다. 예를 들면, 어떤 부인은 가정의 씽크대 수납의 배열 방법을 늘 자랑하여, 이웃 사람들도 그녀의 훌륭한 정돈이나 빈 장소를 가장 실용적으로 이용하는 궁리의 뛰어남에는 아주 찬탄하고 있었다. 그녀의 이 기술은 처음에는 자기의 가정 안에서 하나의 작은 취미에 불과하였으나, 나중에 역경에 빠져 자신이 일해서 살아갈 길을 찾아야 되었을 때에 자신을 돕는 기술과 직업으로 삼았을 만큼 그녀의 인생에 중요한 것이 되었다. 오늘날에는 친구로부터 그녀의 비범한 재능을 들은 사람들의 주문으로 씽크대 배열이나 개량을 해준 수익으로 두 아이까지 양육하고 있다. 또 한 사람은 잼을 만드는 방법이 처음에는 단순한 가정의 일이었지만 나중에는 대단히 훌륭하여 자신에게 보람과 큰 이익이 되는 일이 된 예가 있다.

이와 같이 재주가 자신을 돕는다는 실제의 경우가 세상에는 결코 드물지 않다. 따라서 특출한 도락을 가지고 있게 되면 대단히 유익하고 유용할 것이다. 각 분야에서 타인이 보수를 지불해 줄 정도로 업무에 숙달해 있다면 그 사람은 성공의 길에 일대 비약을 이룩한 사람이라고 할 수 있다.

25

사교의 의의

　　사회 생활 가운데 사교에 관한 방면으로 클럽, 동아리, 단체에 대하여 이야기를 하려고 한다. 옛날부터 인간은 이해 관계를 같이하는 사람끼리 동아리를 이루고 모여서 여러 가지 그룹을 만들어 왔다. 그 중에는 갱이라든지 음모단과 같이 분명히 반사회적인 그룹도 있다. 그렇지만 대다수의 클럽이나 단체는 적극적이든 소극적이든 다소라도 실제로는 사회적이라고 하는 특질을 가지고 있다. 자기 혼자서 마치 은둔자와 같은 생활을 하고 있는 사람은 일반적으로는 인생의 성공자는 아니다. 단, 어떤 부류의 위대한 천재는 이것과 구별하지 않으면 안된다. 그들은 하는 일이 너무나도 열렬하고 때로는 지나친

선견지명은 도리어 당시의 사람들로부터 오해받고 따라서 고독한 생활을 보내야만 될 경우가 많았던 것이다. 이 경우 그들이 어떤 클럽이나 단체에도 속해 있지 않았다는 사실은 그들의 반사회적인 성질을 보이는 것이 아니라 살고 있던 사회 그자체의 태만을 보이는 것에 지나지 않는다.

은둔자와 유아는 어떤 클럽과 어떤 단체에도 속해 있지 않다. 왜냐 하면, 그들의 사회성의 발전 정도로는 클럽이나 그룹에 대한 흥미나 관심을 전혀 이해할 수가 없기 때문이다. 가족이 유일한 클럽이며 난롯가의 친구가 자기가 속하는 유일한 단체라고 생각하고 있는 사람은 심리학적으로 여전히 유아라고 할 수 있으며 자신도 제대로 알지 못할뿐더러 동료와 사귀는 방법도 알지 못하는 것이다.

청년기에 접어들어서는 다양한 정보와 취미생활을 나누는 동호회, 클럽에 가입하게 된다. 정치적인 단체나 결사의 경우와 마찬가지로 그들은 클럽이나 단체를, 자신이 주위의 사람들보다는 그 이상의 존재라는 것을 알리는 수단이라고 이해하고 있다. 이런 사람들은 그들의 가맹 단체의 하나하나의 기장記章을 주위 사람에게 자랑스럽게 내보이는 것을 매우 좋아한다. 그들이 같은 종류의 몇 개나 되는 단체에 가입하여 명실상부하지 않은 지위를 날조하여 과장된 직함이나 여러 가지 기장을 달고 자못 뽐내고 있는 광경을 우리는 흔히 보게 된다. 자기의 약점을 염려하고 있는 사람들의 생활에서 이러한 클럽이나 단체의 역할은 마치 관객을 위해 보여주는 영화의 역할과 비슷하다. 영화를 보고 결점이 많은 사람은 자기가 좋아하는 스타를 자기에게 비유하여, 마침내 그 스타가 가지고 있는 사회적인 세력이나 특권의식을 자신도 획득한 기분이 되고 만다.

이런 까닭으로 신비적인 암호의 언어로 어떤 비밀의 사교 클럽에 속해 있는 사람은 외부의 사회 환경에서 공공연하게는 얻을 수 없는 우월감을 인공적으로 만들어 내고 있는 것이다. 이러한 여러 단체는 대부분 사회 관련의 숭고한 감정에 의거한 것이며 또 인류 다수의 복리에 흥미와 관심을 가지는 것이다. 그렇지만 인생을 완성시키는 데 반드시 이러한 비밀의 단체에 가입할 필요는 없다. 비밀의 단체는 오히려 사회적 본능이 약해서 단체의 힘을 빌리지 않으면 유용한 가치 있는 사회적 존재로서의 지위를 쌓을 수 없는 사람들이 이용하기 위한 기관이라고 해야 할 것이다. 여러분이 깊은 사회적 감정을 가슴에 품기 위해서, 또 이웃의 행복에 관심을 가지기 위해서는 반드시 사회봉사 클럽이나 기타 다른 클럽의 회원이 될 필요는 없을 것이다. 참으로 위대한 사람은 사회적 기여를 위해서 이러한 단체의 도움을 필요로 하지 않았다.

생활 완성의 정도가 높으면 높을수록 개인이 속하여 힘을 다하는 단체의 범위는 넓어지게 된다. 일반 사람이라면 작은 클럽의 회원이 되고, 또 직업상의 모임이라든지 운동 경기의 작은 단체에 소속이 되어 거기서 '우리'라는 공동체의 의식을 발달시킨다. 사회 생활의 필수적인 요소는 바로 '우리'라는 감정을 확대한 것이다.

최초의 '우리'라는 의식은 가정이며 제 2의 '우리'는 학교이고 제 3의 '우리'는 보통 직업상이라든지 정치상의 모임이다. 가치 있는 사람이라면 누구든지 조만간 인간 정신의 함양과 사회의 복리 안녕의 증진에 관심을 가진 다른 사람들의 단체와 자신도 서로 교섭하고 있는 것을 반드시 발견할 것이다. 따라서 이 방면으로 성년에 도달한 사람에게 인생의 완성이라는 말은 클럽이나 그룹이나 단체에 대한 봉사라는 말과 동의어이다. 워털루의 승전은 벨기에에서 싸운 것이 아니라 영국의 학교 운동장에서 싸운 것이라고 어느 역사가는 말하였다. 즉, 운동 경기의 팀워크 정신이 협동 정신을 배양하고 승리의 원인을 이루었던 것이다. 이 사실은 심리학적으로도 진리이다. 정치의 성공은 물론 법관의 성공과 외과의사의 성공도 법정이나 진찰실에서 획득되는 것이 아니라 그들이 사회적 협동의 정신과 기술을 배운 학교나 클럽에서 성공의 인자를 미리 만들고 있었던 것이다.

클럽이나 단체의 사교성에 대하여 최고의 발달 단계를 말함에 있어서, 즉 대단히 위대한 이상을 가진 그들의 이상 실현의 수단으로서 그룹이라든지 단체를 만들어 내는 것이라고 말할 수 있다. 이 사실은 인간 생활에 성공의 최고 표징이라고 해도 좋을 것이다. 만약에 어떤 사람이 무엇인가의 필요에 의해 예를 들면 사교상의 필요라든지 종교상의 필요에서 새로이 하나의 단체를 만든다. 즉, 종교 단체라든지 정당이라든지 직업 단체를 창설하여, 개인적인 칭찬이나 폄하를 도외시하고 전적으로 그 단체의 목적 달성을 위해서 헌신적으로 협력한다면 그는 당대의 사람들은 말할 것도 없고 길이 후세의 역사가에 의하여 뛰어난 인물로서, 또 생활의 완성자로서 칭찬 받을 것이다. 이러한 사람은 세상에 그다지 많이 있지 않다.

세계가 위대한 지도자, 훌륭한 통솔자, 이상과 용기가 있는 사람을 대망하기가 오늘날보다 어렵지 않다. 위대한 지도자, 통솔자, 단체의 창시자가 되려면 다른 사람보다는 훌륭한 식견과 용기가 필요하다. 물론 처음부터 무슨 대제국의 건설자인 것처럼 할 필요는 없다. 여러분의 주위에는 아마 외톨이를 위하여 어떤 단체에도 가입하지 않고 타인과 별로 교제하지 않고 몹시 쓸쓸해 하고 있는 여러 젊은 사람이 있을 것이 틀림

없다. 각자가 이러한 고독한 사람들을 모아서 하나의 사교 단체를 만들기 시작하면 좋을 것이다. 대부분은 다양한 직업에 종사하고 있겠지만 같은 직업에 종사하고 있는 사람들 간의 항상 발전을 꾀하기 위한 단체를 가지고 있지는 않으리라고 생각한다. 그렇다면 어째서 나아가 새로운 그룹을 조직하여 스스로 솔선하여 소아小我를 버리고 큰 '우리'라고 하는 관념의 필요를 강조하지 않는 것일까?

여러분이 만일 진정한 성공자가 되길 바란다면 충고한다. 오늘 곧 심리적으로 가장 밀접한 관계에 있는 가까운 어떤 그룹에 참가하라고 권하고 싶다. 오랫동안 교제하고 싶다고 바라던 어떤 그룹이라도 좋다. 즉 인류의 진보 개선에 중요한 역할을 행하는 그룹이라면 어느 것이라도 좋다. 여러분 가운데 훌륭한 사회적 공상을 가지지 않고 이러한 그룹이라든지 단체를 창설하는 용기가 없다면 그 사람들의 적극적인 행동을 촉진하기 위하여 이 책이 좋은 영감이 되고 자극제가 될 것임을 희망한다.

26

유머의 정신

여가와 객관성의 기본 스포크의 중간에 실패에 대한 태도와 유머의 정신에 관한 두 개의 스포크가 있다. 유머의 정신과 실패해도 그것에 타격을 입지 않을 만한 정신의 태도는 거의 같은 것이다. 유머의 정신을 무엇인가 재미있는 이야기를 하거나 농담을 하여 웃게 하는 재능이라고 생각하는 사람들이 있는데, 그것은 유머러스한 사람의 감각을 말하는 것이지 유머의 정신과는 별개의 것이다. 유머의 정신은 참으로 배경화背景化의 정신 바로 그것이다.

세상 대부분의 어린아이와 같이 자신을 신처럼 전능이라고 믿고 있는 사람이나, 사물은 원하기만 하면 당장에 이루어지는 것이라고 믿고 있는 사람은 유머의 감각이 없고 또 실패를 이해할 수도, 실패를 인정할 수도 없다. 한편으로 구제하기 어려운 비관주의에 사로잡혀 있는 사람이나 히스테릭한 쾌락주의자는 실패를 판단할 수도, 자신의 모습을 밝은 곳에서 다시 볼 수도 없다. 이러한 사람은 영웅 숭배의 열성에 들떠 있거나 아니면 또 겉치레뿐인 자신의 가치가 날아가 버릴 것을 두려워하여 책임을 회피하고 있는 사람이다. 아주 조금 유머를 이해하는 것이 보통 수준의 사람이다.

그들은 자신의 재능에 지나치게 기대하는 일도 없고 실패하면 그 책임의 일부분은 자신이 부담하고 어떤 부분은 타인의 악의나 운명의 책임으로 전가하고 싶어한다. 실패에 대한 완전한 태도나 유머를 이해하는 정신의 계발에 관해서는 아무런 생각도 가지고 있지 않다.

완전한 수준에 다다른 사람은 자신의 능력이 미치는 범위 내의, 또 때로는 자신의 능력이 미치지 않는 온갖 장애를 극복하려고 시도한다. 만일 성공하면 솔직하게 성공을 인정하고 자신이 능숙하게 계획한 노력의 결과로서 커다란 자기 만족을 느낀다. 만일 실패하면 실패의 원인을 자세히 고찰하여 다음에는 성공을 꾀하려고 한다. 어쨌든 자신이 저지른 일이 실패로 끝나서 '이 세상은 이미 사는 보람이 없다'는 식의 생각으로 비관의 밑바닥으로 침몰해 버리는 일은 조금도 없는 것이다. 유머를 이해한다는 것은 우주의 위대함에 대한 자신의 무력함을 솔직하게 인정하는 동시에 인간으로서의 힘이 미치는 범위 안에서 인생을 될 수 있는 대로 아름답게 성공적으로 건설할 만한 용기를 가지는 것이다.

완전한 수준에 이른 사람과 유아 또는 소년의 수준에 있는 사람과의 가장 큰 차이점은, 후자에 속하는 사람은 무자각적으로 자신의 무력함을 알고, 따라서 아무것도 하지 않거나 또는 실력 이상으로 그럴듯하게 꾸며 보임으로써 자신의 체면을 세우려고 하는 데 반하여, 완전한 수준에 도달한 사람은 자신의 상대적 무력함을 잘 의식하고, 따라서 자신은 물론 일반 사람도 될 수 있는 대로 행복하게 하는 방법으로 인간의 무력함을 보상하려고 하는 데 있다.